陀《ダ》女《おんな》

時代小説文庫

角川春樹事務所

目次

主な登場人物

布引左内《ぬのびきさない》
北町奉行所の定町廻り同心。馬面でどこか間が抜けて見える面相で、『昼行燈』で通っている。実は中西派一刀流皆伝の腕前で、人知れず法で裁けぬ悪人を粛清している。

布引田鶴《ぬのびきたづ》
左内の美人妻。箏曲の腕は並ぶものがなく、旗本の娘たちに伝授している。やや見栄っ張り。

布引坊太郎《ぬのびきぼうたろう》
左内と田鶴の長男。賢い上に美形の少年。去年から寺子屋に通い始める。

お勝《かつ》
左内が行きつけの、居酒屋『放れ駒』の女店主。色黒だが艶のあるバツイチ美人。

お雀《すず》
左内の手先で非業の死を遂げた、長次が遺した娘。右足が不自由だが、推理力に優れる。

音松《おとまつ》
左内の手先でもある暦売り。色白でのっぺり顔。

大鴉の弥蔵《おおがらすのやぞう》
五年前から大店ばかりを狙って押し込みを重ねる凄腕の盗賊。誰一人疵つけず、無血で大金を奪う、美学の持ち主。

昼行燈

阿蘭陀女

布引左内影御用

第一章　恋文騒ぎ

一

布引坊太郎《ぬのびきぼうたろう》はひそかに書いたあるものを、母親の田鶴《たづ》に見つかってしまった。

恋文である。

恋文は懸想文《けそうぶみ》、色文、艶書《つやがき》とも言い、わが国の上代、中世では『後朝《きぬぎぬ》の文』と称し、身分ある男が女の家を訪ね、一夜を共にして帰った後に、男の方から女の元へ届ける文のことを言った。それがそもそもの恋文の始まりなのである。

しかし九歳の坊太郎にそんな知識は望むべくもなく、ただひたすらの一途《いちず》な思いで、ものの本と首っ引きで書き綴《つづ》ったものだ。

『恋しい恋しい　竹《たけ》どの　みどもは心さみしくござ候《そうろう》　ひと目見たその日から　いかずちにうたれ申し候　そのあとはせつなくも恋の病いにとりつかれ候　このおもいなんとしてでもつたえたく　竹どののおそばちかくにまいれども　みどもを見てもみしらぬ人のようなふるまい　とても心さみしくござ候……』

という文面なのだが、母親として田鶴は面食らい、戸惑《とまど》いながらも、少年坊太郎が恋路を突っ走るにはまだ早い、今はもっと勉学に励《はげ》む時であると、なんとか恋情に歯止めをかけねばの気持ちで膝詰《ひざづ》めとなった。

田鶴は目許涼《めもとすず》しく、鼻高く、端整《たんせい》な面立《おもだ》ちの女だ。おまけに色白ゆえにまるで雪女の如《ごと》くに見えるも、蓋《けだ》し美形なのである。年は三十半《なか》ばになる。

「これ、坊太郎、竹殿とはいずこの娘御なのじゃ」

「えっと、それはそのう……」

田鶴の問いに、坊太郎は言葉に詰まった。坊太郎は紅顔の美少年で、寺子屋の帰りなので紺絣《こんがすり》の着物に袴《はかま》をつけ、木刀と、何冊かの往来物《おうらいもの》（教科書）を紐《ひも》でひと括《くく》りにして脇に置いている。

恋文は往来物の間に挟んだものが、家に着くなりはらりと落ち、それを田鶴に見つけられたのだ。

「竹殿などと、わたくしの聞き覚えのない名ですわね」

「は、はい」

「竹殿のお屋敷は」

坊太郎はくすっと失笑する。

「何がおかしいのですか」

「竹殿は屋敷なんぞに住んではおりませぬ。おなじ町内の裏通りにある、地蔵長屋《じぞうながや》です」

「まっ、長屋に……では武家ではないのですか。それともご浪人の娘御か」

「竹殿の家業は魚屋なのです」

田鶴はめまぐるしく目を瞬《しばた》き、

「さ、魚屋の娘……その者にそなたは懸想したと申すか」

「明るくてとてもよい子なのです。まだ会って日が浅く、わたくしのことがよくわからないような」

「ではそなたの片思いというわけですか」

「はあ、まあ、今のところは……母上、竹殿と仲よしになってはいけませぬか」

田鶴はズズッと膝を進め、

「よく聞きなさい、坊太郎。そなたの家は下級武士とは申せ、れっきとした町方同心なのですよ」

「わかっておりますとも」

「ではそれが何ゆえ、魚屋の娘と親しくせねばならぬのですか」

「親の生業《なりわい》はわたくしには関《かか》わりないと思うのですが」

少年はそれなりに反論する。

田鶴はぴしゃっとおのれの膝を叩《たた》き、

「そうは参らぬ。小役人ではあっても武家は武家、町人の家とは違うのです。もしも一朝事《いっちょうこと》あらば、武具甲冑《ぶぐかっちゅう》をば身につけて上様の元に馳《は》せ参じねばなりませぬ。魚屋風《ふ》情《ぜい》にそれができますか」

小役人の妻にしては田鶴の身装《みなり》は上等だ。

坊太郎は不服そうに口を尖《とが》らせ、

「母上はちと大袈裟《おおげさ》が過ぎます。それに生業に貴賤《きせん》はないと教えて下さったのは母上ではありませぬか。魚屋風情とはよくない言い方です」

「ンまあ、坊太郎、この母に口答えを」

田鶴が怒って青筋を立てた。

そこへ主《あるじ》の布引左内《さない》が帰宅した。

「只今《ただいま》戻りました」

のんびりした様子で二人が対座した座敷へ入って来るなり、左内はその場の雰囲気《ふんいき》があまりよろしくないのをすぐに察して、

「何かありましたかな」

　恐る恐る田鶴を見て言った。

　田鶴の家は左内より身分が上の与力で、そういう所から嫁《よめ》を貰《もら》うとどういうことになるか、それは左内自身が身に沁《し》みてわかっていた。まるで婿養子《むこようし》の如くに、ずっと嫁の実家に気遣いせねばならぬのだ。

　田鶴は余業として何軒かの旗本家を掛け持ちし、そこの娘たちに箏曲《そうきょく》を伝授していた。琴《こと》に関して田鶴は並ぶ者がないほどの腕を持っており、旗本家から乞《こ》われてのものだ。身装がいいのは、旗本家とのつき合いがあるからである。

　左内は馬面《うまづら》で、どこか間が抜けて見える面相ゆえ、人に警戒心を抱かせない。この男に対する世間の評価はずばり『昼行燈《ひるあんどん》』なのである。どこにいて何をしていても、可もなし不可もなしの小役人ぶりで、何事にも当たらず触らずで生きている。やる気があるのかないのか、無気力にさえも見える。年は四十過ぎで、北町奉行所定町廻り《じょうまちまわ》同心を務め、三十俵《ぴょう》二人扶持《ぶち》の下級武士だ。剣は中西派一刀流皆伝《なかにしはいっとうりゅうかいでん》の腕前で、役所のなかで左内を打ち負かせる者は一人もいないとか。

「旦那様《だんなさま》、これをご覧《ろう》じめされませ」

　田鶴が恋文を左内に見せた。

左内はすぐにそれが坊太郎が書いたものだとわかり、ざっと目を通すも、苦笑を禁じ得ずに、

「ははは、坊太郎が恋文を書くようになりましたか。いやはや、長足の進歩ではございませぬか」

田鶴がきりっと左内を睨《にら》み、

「笑っている場合ではござりませぬ。勉学に励まねばならぬ時なのに、このような横道に逸《そ》れてどうしますか。旦那様の方からも叱《しか》ってやって下さりませ」

「いやあ、そう申されましても、人の恋路は邪魔せぬものと、昔から相場は決まっておりますからなあ」

「人の恋路ではありませぬ。わが子のことです」

「承知しておりますとも。とは申せ、このところの坊太郎の学業の成績を見ても、格別落ちているとも思えませぬ。恋にうつつを抜かして、勉学がおろそかになったのならともかく、これくらいのことは大目に見てやった方が」

「それではならぬのです」

「なりませぬか」

田鶴がうなずき、

「旦那様がそのようなことですから、坊太郎の箍《たが》が緩《ゆる》むのです。市中見廻《みまわ》りを手抜きしてはおりませぬか」

左内がムッとして、

「これはまたいらざることを。わたくしが本分を忘れるとお思いか。他愛もない坊太郎の恋文が、どうしてわたくしに飛び火するのですか」

「他愛もないことではございませぬ。常日頃《つねひごろ》の心掛けをば、申し上げようとしたつもりでございます」

格式張った田鶴のもの言いが苦手なので、左内はどこかがムズ痒《がゆ》いような思いがしてきて、

「ところであのう、竹殿とはいずこの娘御でござるかな」

「町内の魚屋の娘だそうです」

「なんと」

「いけませぬか、父上」

坊太郎が助けを求めた。

「いや、いかんとは申さぬが、もう少しなんとかした娘はおらんのか、坊太郎。魚屋の娘では釣り合いが取れまい」

「父上までそのような」

坊太郎は失望の色を濃くして、

「魚屋の娘のどこがいけないのですか。父上も母上も、世間体《せけんてい》や身分ばかりに囚《とら》われてはおりませぬか。わかりました、もう結構でございます」

坊太郎は怒って出て行ってしまった。

「待ちなさい、坊太郎」

「これ、坊太郎」

左内と田鶴が呼び戻そうとすると、玄関から出て行く音がした。

「旦那様、坊太郎はよほど腹が立ったようでございますわね」

「放《ほう》っておきましょう。少し頭を冷やした方がよろしいかと。それより昼飯を食わせてくれませんか。土手人足の喧嘩《けんか》の仲裁をしていたので、食いっぱぐれてしまいました」

「それはいけませぬな。すぐにお支度《したく》を」

二

男はまだ若い二十半ばほどで、泰平《たいへい》の逸民《いつみん》よろしく大通《だいつう》を気取り、本多《ほんだ》髷《まげ》は細く高く粋《いき》に結《ゆ》い、黒の長羽織《ながばおり》に細身の脇差《わきざし》を落とし差しにし、幅広の帯を胸高に、ごりごりの縮緬《ちりめん》の小袖《こそで》を着ていた。

どこから見ても遊興に明け暮れている遊冶郎《ゆうやろう》で、恐らくとびきりの大金持ちの御曹子《おんぞうし》に違いない。男は頭から紫色の頬被《ほおかむ》りをして、世を忍ぶようにして面体《めんてい》を隠している。

男は八丁堀新場橋《はっちょうぼりしんばばし》を渡って来るや、河岸《かし》沿いに並ぶ露店を酔狂な目で見て歩き、やがて甘味処《かんみどころ》の『紅葉屋《もみじや》』という店へふらりと入って行った。

吉原《よしわら》へ行くにはまだ日が高く、夕暮れまでの暇潰《ひまつぶ》しのようだ。「あはは、また来ちまったよ」と言う男の声が店のなかから聞こえてきて、「これはお出《い》でなさいまし」「いつもご贔屓《ひいき》に」などと、店の女たちが賑《にぎ》やかに迎える。

すると。

どこからか一人の女が現れ、男の後を追うようにして紅葉屋へ入って行った。

女は三十前に見え、目に険《けん》があるも美形で、薄化粧《うすげしょう》を施《ほどこ》し、髪を櫛巻《くしま》きにしている。抜《ぬ》き襟《えり》から覗《のぞ》く白い首に成熟した女の色気があり、華奢《きやしゃ》な腰に巻いた帯が胴を引き締め、立ち姿を美しくしていた。

店のなかは広座敷が衝立《ついたて》で何席かに仕切られ、そこで客の女子供が各々《おのおの》汁粉《しるこ》を食べ、楽しげに談笑している。

男が汁粉を食べていると、隣りの衝立からコロコロと赤い小鞠《こまり》が転がって来た。それを不審に見た男が見廻すと、女がにこやかな顔を覗かせた。

「すみません」

「ああ」

男が愛想を見せて小鞠を拾って渡そうとすると、女はもうするりと衝立のなかに入っていた。

その手に畳針《たたみばり》に似た阿蘭陀《オランダ》針が握られていて、ためらうことなく、音も立てず、女は男の首の後ろを刺突《しとつ》した。束《つか》の間《ま》の出来事だ。

「……」

何が起こったかわからず、男は動きを止めて静止していたが、そのままカクッとうなだれた。

すでに顔色は死人のもので、血の気が失《う》せて真っ白になり、死ぬ間際《まぎわ》に男は下から掬《すく》い上げるようにして女を睨んだ。だがもう言葉さえ口をついて出てこない。

「すまないね、成仏《じょうぶつ》おしな」

そう言って女はすばやく元の席に戻り、阿蘭陀針の汚れを手拭《てぬぐ》いで拭《ふ》き取り、帯の間に収めた。男は姿勢を崩し、こと切れた。

そうして女が立ちかけた時、険《けわ》しい目になって一方へ鋭い視線を走らせた。

近くの衝立の陰から、恐怖に慄《おび》えた目で坊太郎が一部始終を見ていたのだ。

殺しの見出人《みいだしにん》（目撃者）はその場で息の根を止めねばならない。

女の目に殺意が閃《ひらめ》いた。

どこかの席で若い娘がけたたましい笑い声を上げた。

三

夕暮れが迫ってくると、じっとしていられなくなった。

左内は自室で調書《しらべがき》を読んでいたが、いつまで経《た》っても坊太郎が戻って来ないので、目が文字を追えなくなり、苛立《いらだ》ちで屋敷のなかを歩き廻った。

それは田鶴も同様で、台所で晩の支度に取り掛かっていたものの、やはり気分は落ち着かず、玄関へ出て坊太郎の帰りを待つことにした。

近所から子供の声も聞こえなくなり、夕闇《ゆうやみ》が近いことを告《つ》げていた。

「ちと言い過ぎましたかな」

田鶴の後ろに立って、左内が言った。

考え事をしていた田鶴が、虚を衝《つ》かれて振り向き、

「いいえ、わたくしの方こそ。もそっとやさしく言ってやればよかったものをと。それに魚屋風情と言ったことも悔やんでおります」

「わたしも異口同音《いくどうおん》を言いましたよ。坊太郎としても、初めて書いた恋文を貶《けな》された気分なのかも知れません」

「そうですわね、少年の心を疵《きず》つけてしまったのですわ」

「そこいらを見て来ます」

「ではわたくしも」

立ちかける田鶴を、左内は止めて、

「田鶴殿はここに居て下さい。あいつが帰って来た時に困るでしょうから」

左内は着流しに脇差だけを差し、坊太郎を探しに出て行った。

田鶴の不安は如何許《いかばか》りか、泪《なみだ》さえ滲《にじ》ませていた。

しかるにいくら探しても坊太郎の行方《ゆくえ》はつかめず、いつしか夜の帷《とばり》が下りてしまい、聞き廻るにも限度があって、左内は途方に暮れた。寺子屋の同門の士である学友たちの屋敷はむろんのこと、日頃坊太郎が足を向ける先にも行って尋《たず》ね歩いたが、成果は

得られなかった。

界隈《かいわい》は軒《のき》なみ八丁堀役人の与力、同心の組屋敷が建ち並び、犯科《はんか》などが起ころうはずもない。どこの屋敷も明りが灯《とも》り、一家団欒《いっかだんらん》の様子が伝わってくる。

それを窺《うかが》い見るに、左内は侘《わび》しい気持ちになってきた。

「どこ行きやがった、あの野郎」

ひとりごち、こうしている間にも坊太郎が戻って来るやも知れぬと、左内は自邸へ戻ろうと踵《きびす》を返した。

そこへ同役の田鎖猪之助《たぐさりいのすけ》と弓削金吾《ゆげきんご》が、落ち着かぬ風情でやって来た。二人は共に三十代後半で、左内の苦手な連中である。

「これはご同役方、何かございましたか」

私服ではなく、まだ同心の定服姿のままの二人を不審に見て、左内が問うた。

田鎖と弓削はためらいの視線を交《か》わし、

「いや、実はそのう、近くで死人が出ましてな、それがそのう……」

田鎖は歯切れが悪く、次いで弓削も困惑の体で、

「布引殿は紅葉屋なる汁粉屋をご存知《ぞんじ》か」

「ええ、知ってますよ。八丁堀の町内じゃありませんか。紅葉屋がどうかしたんです

か」

弓削がつづけて、

「そこで昼の八つ半（午後三時）頃に死人が出たのです。若い男が汁粉を食っている最中にぽっくりと。どこにも血など流れてなく、人に殺傷されたとは思えんのですが、どうにも面妖《めんよう》なので、田鎖と二人で男の周辺を洗ってみようかとしていたところです」

左内の方が年上なので、二人は一応敬《うやま》ったもの言いをしているが、さしたる手柄《てがら》を立てるわけでもない昼行燈としての彼を、内心では蔑《さげす》んでいる。

「男の身許はわかったんですか」

左内の問いに、弓削が答える。

「通《とおり》二丁目の醬油酢《しょうゆす》問屋《どんや》芝口屋《しばぐちや》の跡取り息子で万二郎《まんじろう》と申し、名うての道楽者でござってな、気性も荒く、あちこちで浮名を流すばかりか、市中で乱暴狼藉《らんぼうろうぜき》を働く鼻つまみ者でござった。しかし大店《おおだな》の御曹子なので誰《だれ》も手が出せず、厄介事《やっかいごと》になると親元が金でかたをつけていたようでして」

「芝口屋万二郎の悪い噂《うわさ》ならわたしも知っておりますよ。以前に奥山《おくやま》で喧嘩《けんか》沙汰《ざた》を引き起こし、止めに入った岡っ引きが逆に食ってかかられたと。怖れを知らぬ無頼《ぶらい》ぶりはとても堅気《かたぎ》とは思えぬと、その岡っ引きは申しておりました」

「まっ、その通りでござって」

言って田鎖は弓削をうながし、

「布引殿、ではわれらはこれにて」

立ち去ろうとするのへ、左内が問うた。

「仏の身柄は今はどこに」

北島町《きたじまちょう》の自身番《じしんばん》だと田鎖が答え、二人はそそくさといなくなった。

自身番奥の板の間に、万二郎の遺骸《いがい》は横たえられていた。

町役人《ちょうやくにん》の世話を断り、左内は一人で遺骸の検屍《けんし》を始めた。

田鎖たちが言うように、どことといって不審はなかった。自然死が如くに遺骸は無疵で、どう見ても心の臓の発作《ほっさ》か何かでぽっくり逝《い》ったようにしか見えない。

だが左内の五感は、なんら確証はないものの、違和感を訴えていた。

(妙だな)

躰《からだ》の硬直は始まっているが、生前に病気を患《わずら》っていたようにも見えず、釈然《しゃくぜん》としない。

万二郎をうつ伏せにして顔を近づけ、念入りに調べた。すると首の後ろに、微《かす》かだが何かの刺し疵のあるのが目についた。

（こいつぁ……）

虻《あぶ》や蜂《はち》に刺されたのとは違うものだった。

左内は殺しだと確信した。

四

パッと唐紙《からかみ》が開けられ、行燈の灯《あか》りが坊太郎の目に眩《まぶ》しく当たった。

坊太郎はとある仕舞屋《しもたや》に連れ込まれ、その家の押入れに閉じ籠《こ》められていた。猿《さる》轡《ぐつわ》を噛《か》まされ、後ろ手に縛《しば》られている。

件《くだん》の女が坊太郎の顔を覗き込み、

「お腹空《す》いたでしょ」

もの静かな声で言った。

坊太郎がコクッと素直にうなずくと、女は後ろに置いてあった箱膳を前に廻し、つっと寄って猿轡を外した。箱膳には握り飯二つとお茶が用意されている。

女が一つを取り、坊太郎の口許へ持って行った。だが坊太郎はいざその段になると、食べるのをためらってしまう。

「大丈夫よ、毒なんか入ってないわ」

「でもわたしの息の根を止めるんでしょ」

「どうしてそう思うの」

「見てはいけないものを見てしまいました」

「……」

「違いますか」

「そうなのよ、そうなんだけどね……」

迷っているような女の言い方だ。

「誰にも言いません、このまま帰してくれませんか」

「あたしだってそうして上げたいわ」

「だったら、わたしを信じて下さい」

「その前にあたしを信じて、これを食べなさい」

坊太郎は食べることにし、口を突き出す。

女が食わせてくれる。

紅葉屋で女はすぐに坊太郎を捕らえ、「騒いだらあの男みたいになるわよ」と言い、脅《おど》して連れ出した。女が怖くて坊太郎はしたがうしかなかった。

表通りを避け、裏通りをひたすら歩いて暫《しばら》く行き、南茅場町《みなみかやばちょう》の河岸へ出た。やがて霊巌橋《れいがんばし》を渡り、新浜町《しんはまちょう》へ入った。そこいらは日頃から坊太郎が遊んでいる縄張りだった。そうして路地伝いに女の家らしき仕舞屋の勝手口からなかへ入り、女に縛り上げられたのだ。


「あんた、どこの子？」

坊太郎はもぐもぐと飯を食いながら、「えっ？」と聞き返す。

「どういう素性《すじょう》なの。その身装だとお武家の子みたいだけど」

「そうです、わたしは武士なのです」

誇らしげに言う。

女は微かに笑った。

「お父上は何してる人？」

「それは、ちと憚《はばか》られます」

「どうして」

「殺されてしまいます」

「まさか、役人の子？」

女の勘は鋭い。

「そうなのね」

坊太郎が観念してうなずく。

「どこの役人なの」

「……」

「言わないとさっきの男みたいに」

女がまた脅して、飯を取り上げた。

「言います」

飯が再び口に戻った。

坊太郎は図太く食いつづける。二個目だ。

「北町奉行所の定廻り同心です」

女が色を変えた。

「父上の名前は」

「布引左内、わたしは坊太郎です」

女は坊太郎に茶を飲ませてやり、

「ちょっと帰すわけにはゆかないわね、坊太郎ちゃん」

「わたしが役人の子だからですか」

「うん、まあね。それよりあんた、なんだってあの汁粉屋に居たの？　連れはなかったわよね」

「あそこはわたしの行きつけなのです。それでさっきも……」

「あそこはわたしの行きつけなのです。父上のお蔭《かげ》でいつ行っても汁粉の値段を半分にしてくれるのです。それでさっきも……」

坊太郎は女の顔色を窺いながら、

「あのう、聞いてもいいですか」

「なあに」

「あなたのお名前は」

「聞いてどうするの」

「呼び方に困ります。お姐《ねえ》さんとかおばさんとか、そういう呼び方がふさわしくないような気がします。教えて下さい」

「この子ったら」

女はちょっと坊太郎を睨むようにして、

「夢路《ゆめじ》よ」

名乗ってしまってから、すぐに悔やんだ。どうしてこの子の言うままになってしまうのか。夢路は殺し屋で、見出人の息の根は即、止めねばならない。ましてや町方同心の子なのだから、生かしておけばこんな危険なことはない。

坊太郎が「ハアッ」と空気の抜けたような声を出した。

「何よ、そのハアッてのは」

「夢路殿、よいお名前ですね」

「わかってるの、坊太郎。今のあんたは風前の灯火《ともしび》なのよ。崖《がけ》っ縁《ぷち》に立たされているの。あたしの名前なんぞに感心してる時じゃないでしょ」

「風前の灯火……ああっ、寺子屋で教わったばかりです。風に吹かれる灯火が今にも消えそうで、人の命のはかなさをたとえているのですよね。でもそれが今のわたしに当たるんでしょうか」

「だってあんたはあたしの殺しを見ちまったでしょ。それで囚われて、命運を握られているのよ」

「大丈夫です」

「なんで」

「きっと夢路さんはいい人です、わたしを殺すはずはありません」

そうとでも思わないと、怖くてとてもやっていられないのが坊太郎の正直なところだ。

握り飯二つを食べ終え、坊太郎はやや恐怖のやわらいだ顔を向け、「お茶を下さい」と言った。

夢路は坊太郎に茶を飲ませてやりながら、

「あんたって、利発な子ね」

「いいえ、本当に利発なら紅葉屋でうまいこと逃げているはずです。夢路殿におめおめ捕まって、ドジなんです」

夢路をやり込めようとまでは思っていないが、この場をなんとか切り抜けねばと、坊太郎は懸命に弁舌を弄《ろう》して苦心惨憺《くしんさんたん》している。

夢路はふっと力を抜いて、溜息《ためいき》をついた。

「どうしましたか」

「最初はそうじゃなかったんだけど、やっぱりあんたを手に掛ける気にはなれないわねえ。連れて来るんじゃなかった」

「でもそうしないとわたしは見たことを喋《しゃべ》ってしまいますよね。あの場では仕方がなかったのではありませんか、夢路殿」

「あんたに諭《さと》されてどうするのよ」

ゴーン、と五つ（午後八時）の鐘が鳴り始めた。

夢路がハッと顔を上げ、胸がざわついた風で、

「ちょっと出掛けて来る。まだあんたを閉じ籠めとくからね、我慢おしよ」

「困りました」

「なんで」

「役人の子がいなくなったとなると、大騒ぎになります。ここにも手が伸びるかも知れません」

「そうなったらそうなったまでのことよ。あんたを放ったらかしてあたしは姿を消すわ」

「では仰《おお》せにしたがいます」

「御免《ごめん》ね、堪忍《かんにん》ね」

そう言って、夢路は元通りに坊太郎に猿轡を噛ました。

唐紙が閉め切られ、真っ暗になった。

坊太郎は図太く構え、目を閉じた。

（わたしは布引左内の倅《せがれ》なのだ。こんなことでは負けないぞ）

そう心に念じた。

五

坊太郎失踪《しっそう》の探索に、八丁堀界隈は上を下への大騒ぎになっていた。

それには左内の上司である吟味《ぎんみ》方《かた》与力巨勢《こせ》掃部介《かもんのすけ》も加わり、帰宅していた同役方やその家族、はたまた鳶《とび》の衆まで狩り出され、一帯は隈《くま》なく調べられた。それは夜っぴてつづけられている。

それでも坊太郎の行方は杳《よう》として知れず、左内も田鶴も生きた心地がしないのである。

夜が更《ふ》けたとて休むわけにはゆかず、坊太郎がどこにも見つからないという知らせを度々受け、それに対応するのに夫婦は疲労困憊《ひろうこんぱい》となった。

老齢の巨勢が組屋敷に上がり込み、夫婦を慰《なぐさ》める。

「これ、左内よ」

「はっ」

「わしは坊太郎を幼い頃から知っておる。恋文を叱責《しっせき》されたぐらいで家出をするようなやわな子ではない。これにはきっとわけがあるに違いないぞ」

「どのようなわけが考えられますか」

左内の問いに、巨勢は答える。

「さあて、そうさなあ……坊太郎は以前に南蛮《なんばん》の本に毒され、見知らぬ国へ行こうとしたことがあったな」

一年近く前に、確かにそういうことはあったのだ。

「はっ、その時坊太郎は旅の諸道具をひそかに揃《そろ》えまして、家出を目論《もくろ》んだことでございました」

「海を渡って、彼方《かなた》の国へ行ってみたくなったのじゃな」

「子供とは申せ、見過ごせぬ無分別にございました。あの時はこっぴどく叱りおきましたが」

「凡庸《ぼんよう》な子ならば考えもせぬが、坊太郎はそのようにして途方もないことを企《くわだ》てる。お主に似てどこかつかまえどころのない、茫洋《ぼうよう》とした子であるな。それはむろん止めねばならぬが、冒険心そのものは決して悪いことではない」

左内が身を乗り出し、

「ではこたびも、どこぞの見知らぬ国へでも行くつもりで」

巨勢がうなずき、

「もしやと思い、鉄砲洲《てっぽうず》まで手を伸ばして船頭どもに当たってみたが、坊太郎を乗せたという証言は得られなかった。今日のところはそうじゃが、もしそうしようとしているのなら、今宵《こよい》はどこぞで野宿をし、明朝一番に湊《みなと》に現れるやも知れんの。すでに手配りはしてあるが」

「はっ、恐れ入りまする。それならばよいのですが」

それまで黙って聞いていた田鶴が、控えめながら口を差し挟み、

「わたくし、恋文の相手である竹と申す子に会って参りました。町内の地蔵長屋に住む魚屋の家でございます」

「うむ、どうであった」

巨勢が尋ねる。

「いえ、まったく知らぬと。親子は狐《きつね》につままれたような顔をしておりました。家のなかも見せて貰いましたが、匿《かくま》われているような様子はございませぬ」

「竹はどんな子かな」

これは左内だ。

「はい、それはもう、坊太郎が見初《みそ》めるだけのことはありまして、魚屋の娘にしておくのは勿体《もったい》ないような。あ、いけませぬ、これを坊太郎が聞いたらまた臍《へそ》を曲げまする」

「何を申す、所詮《しょせん》魚屋は魚屋ではないか」

巨勢は身分違いを平然と口にする。

「はい、でも……」

「うむ、今日のところは万策尽きたということですか」

左内は悩み、考え込んで、

「あ奴《やつ》め、こんな刻限までどこで何をしているのだ」

「これ、左内、明日は非番に致せ。坊太郎が帰って来るまで出仕《しゅっし》には及ばぬぞ」

「ご迷惑をおかけします」

叩頭《こうとう》しておき、左内は顔を上げて、

「ところで紅葉屋の死人の一件、どうなりましたか」

「芝口屋の万二郎であるな。放蕩息子《ほうとうむすこ》が自堕落《じだらく》な暮らしの末、どこか躰を壊していたのであろう。事件ではあるまい。先ほど身内の者が亡骸《なきがら》を引き取って行ったわ」

「はっ」

左内は内心で考えていた。

（あれはよほど腕のいい殺し屋の仕業《しわざ》に違えねえ。坊太郎もしんぺえだが、放っちゃおけねえぞ、こいつぁ）

六

池に何匹もの鯉《こい》が泳いでいるような、大きな屋敷である。

武家屋敷ではなく、大商人の寮《りょう》（別宅）といった佇《たたず》まいで、近所では主《あるじ》の正体は謎《なぞ》に包まれている。場所は鉄砲町《てっぽうちょう》の裏通りだ。

柴垣《しばがき》を巡《めぐ》らせた塀《へい》を抜け、夢路は門を入って玄関先に立った。

すると廊下の暗がりから、仕着せと覚《おぼ》しき黒の着物に身を包んだ若い男が現れ、無言でうなずき、慇懃《いんぎん》に夢路を招じ入れた。

夢路の方も何も言わず、男にしたがって行く。長い廊下を突き進み、奥の間の前で男は跪《ひざまず》き、一礼した。

会釈《えしやく》を返し、夢路は奥の間へ入って行く。

上座に十文字屋《じゅうもんじや》嘉兵衛《かへえ》が座し、独酌《どくしゃく》で酒を飲んでいた。相撲取《すもうと》りのような大男で、誰もが抗し難《がた》い威圧感がある。顔が大きく、どっしりとした五十がらみだ。

夢路がその前へ行って畏《かしこ》まると、

「裏のお務め、相済みました」

報告をした。

しかし嘉兵衛は何も言わず、盃《さかずき》を重ねている。その表情は不機嫌《ふきげん》にも見え、近寄り難いものがある。

夢路がジレたようになって、

「お聞き届け下さいましたか」

念押しするように言うと、嘉兵衛はカッと目を剝《む》き、

「してやられたのがわからねえのか」

何を言われているのかわからず、夢路は目をまごつかせる。

「紅葉屋でおめえが仕留めた芝口屋万二郎は替え玉だったんだ」

「替え玉？　……影武者ってことですか」

夢路の顔から血の気が引いた。

それが本当ならとんだドジを踏んだことになる。

夢路が言葉に詰まっていると、嘉兵衛が重ねて言った。

「本物を見つけて仕留めてこい」

「本物はどこに」

「それをおれに聞くか」

「え、あ、はい、申し訳ございません」

「務めが無事に済んだら金はきれいに払う。出直して来るんだな」

「……」

夢路は無言で頭を下げ、辞去した。

再び廊下を歩み、玄関へ向かっていると、一室の唐紙が開けられ、そこに七、八人の男の影が立ち並び、夢路を見た。いずれも仕着せの黒の着物を着ている。最前の男もいた。

男たちが夢路に向かい、蔑みの笑みを浮かべた。替え玉とも知らず、殺しに失敗したことを嘲笑《あざわら》っているのだ。

男たちに強い視線を投げかけ、夢路は去った。


夜道を急ぎ、夢路は思案橋《しあんばし》の袂《たもと》にある芋酒屋《いもざけや》の暖簾《のれん》を潜《くぐ》った。芋酒は山芋を擂《す》り、酒に混ぜ合わせた安酒だ。

古くてうす汚れた店内は、職人の客でざわついていた。

奥の床几《しょうぎ》で一人の男が酒を飲んでいて、夢路が亭主に芋酒を頼み、男の床几へ寄って行って隣りに掛けた。

男は表稼業に太鼓《たいこ》持《も》ちをやっている助八《すけはち》といい、夢路の裏稼業の手先役を務めていた。

「こりゃ姐さん、お疲れでござんした」

稼業柄、愛想のいいのが顔に貼《は》りついた助八が、まずは労をねぎらった。二十半ばの身軽で剽軽《ひょうきん》そうな男だ。

「まだ終わっちゃいないんだよ」

「へっ？　どういうこって」

夢路は忸怩《じくじ》たる思いがあって、すぐには答えられない。

「紅葉屋は大騒ぎをして、芝口屋万二郎を運び出しておりやしたぜ」

声を落として助八が言う。

「あれは替え玉なんだと」

夢路も小声で囁《ささや》く。

助八が息を呑《の》んだ。

「ええっ、そんな。嘘《うそ》でがしょう」

「十文字屋の親方が言うんだから本当だろうよ。本物はどっかに雲隠れしているんだ。そいつを探し出して仕留めないことには、仕事は終わりじゃないのさ」

夢路の顔に浮かんだ苛立ちを見て取り、助八はそれと察して、

「わかっておりやすぜ、姐さん。この仕事を最後に身を引くおつもりだった。なのに仕留めた奴が偽者《にせもの》ときたんで引くに引けなくなっちまった。こいつぁなんとも気持ちのやり場がねえ、そうでがしょう」

「ああ、その通りさね。だから早いとこ決着をつけて、江戸におさらばしたいんだよ」

「江戸におさらばしてどうなさるんで」

「またそれかい。何度聞かれてもその先のことは、言えないったら言えないよ」

「水臭えなあ、あっしと何年組んでたと思ってるんですか」

「昨日今日じゃなかったっけ」

夢路が惚《とぼ》けて言った。

「怒りやすぜ、姐さん。五年ですよ、五年」

「五年も経《た》ちゃ人の心も変わるのさ。あたしゃもうこの裏渡世《うらとせい》で生きてんのがまっぴらなんだよ。ましてや人様のお命を狙《ねら》う稼業なんて、そういつまでもつづけられるもんじゃないだろ」

助八は真顔になり、夢路の言葉を受けて、

「そりゃよっくわかりやすよ、あっしだっておんなじ思いなんで。狙った相手をつけ狙って調べてくうち、どんな悪党だって束の間人間らしい姿を見せることがある。人を泣かせて悪事を働く一方で、親や家族にゃ人並の情愛を注いで、幸せそうな表情を見せたりもする。この人を殺すな間違ってるんじゃねえかって思う時は、屡《しばしば》なんでがすよ」

「それを言っておくれでないよ、助八。あんたが感じてることはその数倍あたしの胸に響いてるんだからさ」

「だったら姐さん、行く先ぐれえは。いつかどっかで古疵を舐《な》め合うぐれえなことをしたって罰《ばち》は当たりやせんぜ」

「勘弁《かんべん》しとくれな、昔を偲《しの》んでおまえと疵を舐め合うようなことはしたくないね。あたしゃ誰にも見送られずに消え去りたいんだ」

亭主が持って来た芋酒を、夢路はぐびりと飲んで、

「それより探しとくれな、本物の万二郎を」

「へえ、わかりやしたよ、懸命に駆けずり廻ってみやすがね、しかし敵もさるものでござんすねえ。あっ、そっか、芝口屋ほどの大身代なら、替え玉の一人や二人がいても不思議はねえんだ。いっぺえ食わしやがって」

「それじゃあたしゃ行くよ、頼んだからね」

夢路が席を立ちかけると、助八が言った。

「子供はどうするんでがす、姐さん」

夢路がキッと助八を見た。

「見てたのかい、あんた」

助八はうす笑いで、

「そりゃもう、紅葉屋の表にずっと張りついておりやしたから。そうしたら姐さんが子供連れで出て来たんで、びっくり致しやした」

「見られちまったんだよ、あの子に」

とたんに助八が表情を曇《くも》らせる。

「そいつぁ面倒でがすねえ。けどたとえ相手が子供でも、口封じをしねえことにゃこっちが危ねえ。情けは禁物ですぜ」

「ああ、わかってる、きっとそうするさ」

背中で答え、夢路は店を出て行った。

七

新浜町の家に戻るなり、夢路は押入れから坊太郎を引っ張りだし、猿轡を取り外して縛《いまし》めを解いた。

「おとなしくしていたかい、坊太郎」

「寝てしまいました」

ケロッとして答える坊太郎を、夢路は呆《あき》れて見やり、

「こんな時によく寝られるもんだねえ」

「じたばたしても仕方がありませんから」

「ハン、大したたまだ」

「これからどうするんですか」

「あんたを追い出すよ」

「口封じをするのではないのですか」

夢路はやるせないような溜息をつき、

「そうしないといけないんだけどさ、あんたの顔見てたらとてもできないよ。鬼《おに》になれったって無理な話だ」

正直なところを言った。

「よかった、帰れるんですね」

「一人で戻れるかい」

坊太郎はコクッとうなずき、

「この辺はよくわかっておりますので大丈夫です」

「あんたを追い出したらあたしもこの家を捨てる。そうすりゃ何も手掛かりは残らないからね」

「喋りませんよ、わたしは」

「どうしてさ、ふつうは話すだろう」

「紅葉屋で見たことも、この家のことも黙っています。わたしは口の固い男なのですよ」

「そうはゆかないわよ、あんたの父上は八丁堀の役人なんだろ。倅といえども厳しく詮議《せんぎ》するはずだ」

「心配いりません、嘘をつき通します」

夢路はまじまじと坊太郎を見て、

「変わってるねえ、あんたって」

「そうでしょうか」

「変わってるよ。こんな子見たことない」

そう言いながら、夢路は母親がやるように坊太郎の襟元などを直してやり、

「ともかくさ、一緒に出ようか」

夢路は衣桁《いこう》に掛けた毛羽織を取って着込み、坊太郎を連れて表へ出た。

ヒュウッ、と冷たい夜風が吹きつける。

二人して人っ子一人通らない道を歩んだ。

「寒くないかい」

「はい」

「あんたの父上ってどんな人」

夢路が尋ねた。

「昼行燈と呼ばれています」

「そりゃまたどうして」

「ぼうっとしているからです」

夢路はつい笑ってしまう。

「あんたとは大違いなんだ」

「わたしも将来は父上のようになりたいのです」

「いい父上なのね」

「大好きです」

「母上は」

「手厳しい人です」

「苦手なんだ」

「そうでもありません。ぬかりがないようでいて母上はどこかが笊《ざる》で抜けているのです」

「自分の母上を笊って言うかい」

「だから母上も大好きなのです」

「いいふた親に恵まれたんだね、あんたは」

「夢路殿には親と呼べるような人はいないのですか」

「なんだってそう思うんだい」

「はあ、なんとなく……」

夢路は謎めいた笑みを浮かべ、歩を止めて坊太郎を見ると、

「そうよ、そうなのさ。あんたと違って、あたしのふた親はもうとっくにこの世にはいないんだよ」

「よい親でしたか」

夢路は言葉に詰まる。

「うむ、どうだろう、どうかしらねえ」

曖昧《あいまい》にしか言えないようだ。

「お寂《さび》しいお身の上なのですね、夢路殿は。お気の毒です」

「あんたに同情して貰っても三文の得にもなりゃしないよ。人はそれぞれだからさ、しょうがないじゃないか」

「また会えますか」

「馬鹿なこと言うもんじゃないよ、あたしは人殺しなのよ。わかってるの。こんな女、二度と会っちゃいけないの」

坊太郎は下を向いてうなずく。

「ねっ、どうしてまたあたしに会いたいの」

「……」

「どうしてなのよ、坊太郎」

「自分でもわかりません。きっと夢路殿がいい人だからです」

「ンなことあるわきゃないだろ、いい加減におし。それじゃここで別れようか」

邪険に言って突き放しておき、霊巌橋が見える所まで来て、夢路は別れを告げた。

しかし坊太郎はうつむいてもじもじしていて、動こうとしない。

「さあ、早くお行きよ。父上と母上が待ってるよ」

「約束してくれませんか」

「何をよ」

「また会ってくれると」

「できない約束はしないの」

「どこに行けば会えますか。だって今居た家は捨てるって言ってたから」

「どうしちゃったの、あんた。あたしに惚《ほ》れたってか」

ふざけて言ってみると、坊太郎は真剣な目を向けてきて、

「恋文を書きたいくらいなのです」

「ウハッ、ぶったまげたわね、顔が赤くなりそう。いいから早くお行きな、このクソ坊ズめ」

夢路に悪態をつかれて背中を叩かれ、坊太郎は歩きだした。だがふっと立ち止まって振り返ると、にっこり笑った。

瞬間、夢路はその笑顔をこよなく可愛《かわい》いと思った。

「気をつけてね」

「はい」

駆け去る坊太郎の影が見えなくなった。

「畜生、あのクソ坊ズめ……」

つぶやきながら見送っていたが、急に寂しい気分が突き上げてきて、それを断ち切るように夢路も身をひるがえした。

八

しょんぼりと帰って来た坊太郎を、左内も田鶴も大騒ぎをして組屋敷へ上げ、二人掛かりでの質問責めとなった。

「どこへ行っていた、坊太郎。こんな刻限まで何をしていた」

性急に尋ねる左内に、坊太郎はうつむいたままでとんでもない釈明を始めた。

「わたしは浦島太郎《うらしまたろう》になりました」

予想もしない答えに、夫婦は怪訝《けげん》に見交わし合い、

「坊太郎、からかっているのですか。ちゃんと答えなさい」

田鶴が険しい顔で詰め寄った。

「そう申されましても、本当なのですから」

「そんな話を信じろと申すか。では龍宮城《りゅうぐうじょう》はどこにあった」

左内の追及に、坊太郎は帰りの道すがらに考えてきた作り話をすらすらと語る。

「龍宮城ですから海の底です。助けた亀に乗せられて、鯛《たい》や鮃《ひらめ》が案内してくれて乙姫《おとひめ》様《さま》の前へ。とても楽しかったです」

「乙姫はどんな女であったか」

引き続き左内が聞く。どこかで坊太郎の嘘を面白がっている。

「とてもきれいな人でした」

「恋文を書きたいくらいかな」

「まあ、それは」

ふふふと、坊太郎は笑う。さっき夢路に言ったことを思い出したのだ。

「では玉手箱《たまてばこ》はどうした」

「うっかり途中で落としてしまいました」

「持って帰らなくてよかったな」

「はい、父上よりお爺《じい》さんになってしまいますものね」

田鶴がやや気を落ち着かせ、

「坊太郎、そんな戯《ざ》れ言《ごと》は信じられませんけど、ともかく帰って来てよかった。お腹は空いてないのですか」

「腹ぺこです」

「ではこちらへ」

田鶴が坊太郎の手を取って立ち上がり、

「旦那様、坊太郎が無事に帰って来たことをご近所の皆様にお伝えして下さいまし。くれぐれもお頼み致しますね」

「承知致しました」

屋敷中がバタバタとなった。やがて近所へ出掛けて行った左内が戻って来ると、坊太郎は飯と内湯を済ませ、田鶴は疲れて寝所に引き籠もっていた。

「おい、坊太郎」

坊太郎の枕頭《ちんとう》に座し、左内が疑問をぶつける。

「本当のことを言え、今までどこに居た。誰と一緒だった」

「その話は少し待って頂けませぬか」

「どうしてだ」

「気持ちを調《ととの》えてから明日お話し致します」

「なんぞ裏でもあるのか」

「えっ、はい、まあ」

「よしよし、わかった。今日のところはゆっくり休め。明日の寺子屋は休んでもよいぞ」

「そうは参りませぬ。竹殿に会いたいので」

「くはっ、この野郎、隅に置けねえな」

坊太郎がもごもごと口籠もりながら、

「あ、あのう、父上」

「なんだ」

「紅葉屋で事が起こったのを知ってますか」

左内がキラッとなり、

「おうさ、死人が出たんだよ。あそこはおまえがよく行く店だったよな」

「はい」

左内がぴんときて、

「まさか、おまえ、紅葉屋に居たんじゃあるめえな」

「居たのです。ですから騒ぎを知っているのです」

左内がぐいっと真顔を寄せてきて、

「おい、どの辺まで知ってるんだ」

「死んだのはどこかの若旦那みたいな人でした」

「通一丁目、醤油酢問屋芝口屋の伜だよ」

黙り込む坊太郎を、左内は訝《いぶか》って、

「おまえ、何か見たのか。見たら見たで本当のことを言ってみろ」

「いいえ、いいえ、何も見ておりません」

「やい、坊太郎、おれの目を見てものを言えってんだ」

坊太郎は布団を頭まで被《かぶ》って顔を隠し、

「もう寝ます、つづきは明日にでも」

「くそっ、わかったよ」

左内は坊太郎の部屋を出て、廊下を行く。

（妙だな、何か見たんじゃねえのか）

疑念が湧《わ》いてきた。

九

鉄砲町の表通りを、黒い影の一団がヒタヒタと疾走《しっそう》して来た。刺客《しかく》集団だ。

その数十人余と思われ、いずれも闇に溶け込む黒い着物を着て、頭巾《ずきん》を被っている。

全員が腰に長脇差《ながどす》をぶち込み、物騒にも斧《おの》や竹槍《たけやり》を手にした戦闘支度だ。

すると前方に幾つかの御用提灯《ごようちょうちん》が見え、町方同心が数人の岡っ引きや下っ引きらを引き連れてやって来た。どこかで捕物《とりもの》でもあるようだ。

それを見るや、先頭の束《たば》ねらしき男が手を振って合図を送った。一団が一斉に闇に身を潜めて息を殺す。真っ暗だから彼らの姿は見えなくなった。

同心たちが何も気づかずに通り過ぎて行くと、束ねが再び采配《さいはい》を振るい、全員が路地伝いに裏通りへ向かった。

十文字屋の大きな家の前へ来ると、男たちは蜘蛛《くも》の子を散らすように八方に四散した。

やがて家のなかから男の絶叫《ぜっきょう》が上がった。どたどたと入り乱れた足音も聞こえてくる。だが界隈では誰も気づかず、森閑《しんかん》としたままである。

邸内は殺戮《さつりく》の真っ最中だった。

不意を衝かれた十文字屋の用心棒たちが、次々に血に染まっていく。白刃で斬《き》られ、斧で脳天を割られ、竹槍で腹を刺される。女っ気のまったくない家で、用心棒たちの死骸が折り重なる。

刺客団の半数が奥の間へ辿《たど》り着き、パッと唐紙を開け放った。

十文字屋嘉兵衛が抜き身の長脇差を手に、仁王立《におうだ》ちしていた。寝巻の上にどてらを着込んでいる。

酒を飲んでいた嘉兵衛は、憤怒《ふんぬ》の形相《ぎょうそう》で箱膳を蹴《け》り飛ばした。銚子《ちょうし》や小皿が派手に割れる。

「てめえら、いい度胸《どきょう》だ。誰の差し金で来やがった」

刺客たちは答えず、一斉に攻撃を始めた。

戦闘の場数を踏んでいるらしく、嘉兵衛は怯《ひる》まず応戦する。烈《はげ》しく白刃を闘わせ、相手を蹴りのけ、接近して片腕を斬り落とす。首に白刃を当て、深く食い込ませ、一気に斬り裂く。切断された首がゴロゴロと転がって行った。

「ううっ」

だが突如《とつじょ》、嘉兵衛が叫んだ。

竹槍が左右から腹に刺突されたのだ。

「くたばってたまるか」

嘉兵衛は流血などものともせず、巨体を暴れさせて長脇差を振るう。刺客が二人、もんどり打った。

刺客の別の一人が飛び上がり、嘉兵衛の頭上に渾身《こんしん》の力で斧を振り下ろした。頭骨がぱっくり割れ、顔面は石榴《ざくろ》のようになって血汐《ちしお》が噴出する。

「くわっ、くそっ」

カッと目を剝いて吼《ほ》え、立ち往生《おうじょう》する嘉兵衛に刺客たちが殺到した。巨体が鱠《なます》のように切り刻まれる。

ドーッと大きな音で嘉兵衛は倒れ、そのままピクとも動かなくなった。

その死を見届け、刺客団は汐が引くように静かに消え去った。

十

死屍《しし》累々《るいるい》、酸鼻《さんび》を極める惨状《さんじょう》を見て、血腥《ちなまぐさ》い事件には馴《な》れているはずの役人たちもさすがに言葉を失った。

翌朝の十文字屋嘉兵衛の家のなかだ。

吟味方与力の巨勢掃部介も駆けつけ、田鎖猪之助、弓削金吾ら、その他の定廻り同心や大勢の捕方連中も衝撃を隠せない。茫然《ぼうぜん》として、何から手を着けていいのかわからないような有様だ。

「これはいったいどういうことなのだ」

巨勢が怖れにも似た声を震わせて言うと、田鎖は冷静を保とうと努《つと》めながら、

「この家の主は十文字屋嘉兵衛と申し、江戸に何人かいる香具師《やし》の元締《もとじめ》にございました」

香具師は野師とも書き、祭礼、縁日、街頭など、人出の多い境内《けいだい》や路上で見世物、露店商たちを束ねる稼業人のことを言う。ましてや嘉兵衛は元締なのだから、そういった連中の上に立って君臨していたのだ。

「と申さば、お祭しのよい巨勢殿ならばおわかり頂けましょう。香具師は裏渡世と強いつながりを持ち、時には殺しさえも請負《うけお》うという噂が。これはつまり、世間の裏で生きる者同士の悶着《もんちゃく》ではないかと」

「裏渡世となると詮議は困難ということか」

巨勢が重い声で言うと、田鎖はうなずき、

「御意《ぎょい》。罪のない者たちがこれだけ多数落命したとなれば一大事にござるが、ここはむしろ深く立ち入らぬ方がよろしいかと。餅《もち》は餅屋にございますからな」

「うむ、しかしそれにしても凄《すさ》まじい殺戮ではないか。争いの元はなんであろうかの」

それには弓削が答えて、

「推《お》し量《はか》りようがございませんぞ、巨勢殿。裏のまた裏の事情など、われらには調べようもござらぬ。十文字屋嘉兵衛は以前に殺しの嫌疑がかかったことがござり、何度も詮議を受けております。そんな輩《やから》ですからな、こっちとしてもその死を悼《いた》む気持ちにはなれんのです」

「確かにお主の申すことはわかるが、さりとて何もせぬわけにもゆくまい。争いの元ぐらいは詮議して調書《しらべがき》に致せ」

言い捨て、巨勢は立ち去った。

田鎖と弓削がひそひそと密談を始める。

「おい、面倒だぞ、こいつは。香具師の連中になど、いくら聞いても本当のところはわかるまい。いや、喋るとも思えん」

弓削が言えば、田鎖は狡猾《こうかつ》な笑みで、

「まあまあ、そうまともに受け止めるな。争いの元などは適当にでっち上げておけばよろしかろう。なんなら昼行燈殿に調べて貰っても構わんのだ」

弓削がプッと吹いて、

「おほほっ、それは妙案だ。どうせ昼行燈殿は暇を持て余しておろうからな、喜び勇《いさ》んでやってくれようぞ。ではわしから話しておこう」

「頼む。何せこっちは火消し連中の揉《も》め事《ごと》に忙しいのだ」

「そっちの方が金になるからな、わしも後から馳せ参じようぞ。金が貰えて手打ちとなれば、うまい酒が飲める。今日はそれでしまいじゃ」

「昼行燈殿め、今日は姿を見せんがどこでどうしているやら」

「朝寝を決め込んでいるのやも知れんな」

二人がケタケタ笑い合った。

唐紙を挟み、左内がしゃがみ込んで用心棒の一人の検屍をしながら、一部始終を聞いていた。

「くそったれめ」

不機嫌な顔で独りごち、ふらりと立って出て行った。

十一

町方同心という役目柄、左内には市中のあちこちに顔の利く行きつけの店があった。

そのなかの一軒に、八丁堀亀島町《かめじまちょう》の『放《はな》れ駒《ごま》』という居酒屋があり、女将のお勝《かつ》は左内の幼馴染《おさななじ》みである。

最近になって昼に一膳飯《いちぜんめし》を始めたのだが、客はなく、お勝は一人ぽつねんと無聊《ぶりょう》をかこっていた。

色黒の狸《たぬき》のような顔つきで、お世辞《せじ》にも美人とは言えないが、艶黒子《つやぼくろ》があり、厚い唇にえもいわれぬ色気がある女だ。若い頃に一度縁づいたが、子を生《な》さぬまま十年が経って離縁となり、三十過ぎてこの店を持ち、以来ずっと独り身を通している。

左内が入って来ても、お勝は愛想も見せずに知らん顔をしている。そういう女なのだ。

「あれ、どうしたんだ」

左内が店内を見廻しながらつぶやくと、お勝はじろりと見やり、「何がさ」と言った。

「田舎出《いなかで》の娘っ子の二人はどうした。おれの口利きで働かせてやって、いっぺんに花が咲いたみてえんなって繁盛《はんじょう》したじゃねえか。あれは夢幻だったのか」

「もう居ないよ、あの子たちゃ」

「なんで」

「いいんだよ、あたしが納得してんだから」

「二人を連れて来たなこのおれだぞ。それがなんでひと言の断りもなくいなくなるんだ。わかるように説明しろ」

「一人はいい人ができて所帯を持ちたいってことで、もう一人もおんなじように貰い手が決まっちまったんだよ。だからそりゃめでたいねって言って送り出してやったのさ」

「そうかい、だったらおれもとやかく言わねえがよ。けどそういうことならなんでおれに挨拶《あいさつ》のひとつもしねえんだ。近頃の娘っ子どもは何かが欠けてるよな」

「仕方ないさ。自分たちの幸せを追いかけんのが精一杯だったんだ。陰ながら祈ってやろうよ」

「それでまた元の木阿弥《もくあみ》に戻っちまったってか……」

つぶやき、何かが閃いて、

「おい、お勝、だったらこういうのはどうでえ。若え娘が居つかねえんなら、おめえとおなじ年の婆《ばあ》さんを何人も雇ったら。それでもってよ、壁塗りみてえな厚化粧の婆さん同士で皺《しわ》の数を競い合うんだよ。そうなるってえと化け物屋敷だから、面白がって存外客が来るかも知れねえぞ」

「はン、おきやがれ。自分だって爺《じじ》いのくせしやがって、人のこと言えるのかい。今日はなんの用なのさ」

「あ、いや、ちょっと小腹が空いたんでな、湯漬《ゆづ》けでもと思ってよ。このめえに食ったのがうまかったんだ」

「いいよ、すぐ支度する」

お勝が素直に厨《くりや》へ行き、支度に取りかかった。

「鉄砲町の方で人殺しがあったそうじゃないか、馬面の旦那」

厨から話しかけた。

左内が驚いて、

「じゃかあしい、馬面は余分だ。おい、誰からそれを聞いた。まだどこにも出廻っちゃいねえ話のはずだぞ」

「音松《おとまつ》さんだよ、さっき顔を出して、それだけ話してまた来るって出てっちまったのさ」

音松は左内の手先で、生業は冬の間に限るが暦売《こよみう》りをしている若者だ。

湯漬けを盆に載せ、お勝が運んで来た。

「よっ、すまねえな」

「一人前一両頂くよ」

「ふざけるな、この鬼婆《おにばば》め」

ケタケタとお勝が笑った。

左内がさらさらと湯漬けを食べだし、そこでふっと箸《はし》を置いて、

「聞いてくれねえか、お勝」

「なんだい」

「倅が昨日居なくなって、半日がとこけえって来なかった。夜も遅くなってやっと戻って来たんだが、どこへ行ってたと聞いたら龍宮城だとぬかしやがった。大人を馬鹿にしてんのかと思ったが、笑って済まされねえものを感じたんだ。なんで浦島太郎が出てくる」

笑い飛ばすものと思いきや、お勝は真顔になって、

「そいつぁちょっとなんだねえ、底のある話だよ。龍宮城なんて見え透《す》いた嘘の陰に、なんかが隠れてるような気がする」

「そりゃどういうこった」

「坊ちゃんは誰かに会ったのさ。それが父上や母上に言えないような相手なんだよ。知られたくない人ができた時、子供ってなとんでもない嘘をつくもんだ」

「子のいねえおめえによくそんなことがわかるな」

「だってあたしがそういう子供だったから」

「カハッ、おかしくって臍《へそ》が茶を沸《わ》かすぜ」

「たぶんあんたの子は父親に似ずに賢いんだろうよ。だから隠し事をしちまうのさ」

「ケッ、何ほざきやがる。茶をくれ」

「あいよ」

お勝が厨に去ると、左内はもの思った。

坊太郎は今朝になっても昨日の出来事を話さなかった。左内を避けるようにして寺子屋へ行ってしまったのだ。お勝の言うことが当たっているような気がしてきて、左内は浮かない顔になる。

そこへひょっこり音松が入って来た。小商人《こあきんど》が性に合った色白ののっぺり顔の男で、左内の手先だとは誰も気づいていない。「来年の大小暦、年暦」という売り声で、暦の束を小行李《こごうり》に入れて売り歩くのだ。

「こりゃ旦那、丁度よかった」

「おまえさんも食べるかい」

「ご馳《ち》んなりやす」

お勝が再び厨へ行き、支度を始める。

「旦那、鉄砲町の一件、嚙んでるんですか」

「勿《もち》の論《ろん》よ。これから調べを始めようとしていたとこだ。いいか、この件は口外するな。大勢殺されたことが知れたら世間が大騒ぎんなっちまうからよ、事は伏せてえんだ」

「そうはいきやせんぜ、人の口に戸は立てられねえ。隠すのは無理ってもんでさ」

「うむ、まあな、そいつぁ致し方ねえとしてもよ、お勝なんぞに喋るんじゃねえよ。身も蓋《ふた》もねえやな」

「へえ、すんません」

音松は謝っておき、

「それで、どうしやす」

「手え貸してくれ、香具師の間のことはおれにもわからねえ。なんで十文字屋嘉兵衛がぶっ殺されたのか、まずそっからだな」

「おっかねえ連中ですからね、あっしもふんどしを引き締めて取り掛かりますよ」

お勝が湯漬けを運んで来た。

「へえ、お待ちどお」

「有難《ありがて》え」

音松が早速箸をつける。

左内は食べ終えて席を立ち、音松の分も含めて多めの二朱を置き、「また来らあ」とお勝に言って出て行った。

お勝はすぐに金を帯の間に挟み込み、ほっこりした表情になった。

十二

日の暮れを待って、夢路は霊巌橋を渡って新浜町へ戻って来た。それまでは日本橋界隈で暇を潰していたのだ。

仕舞屋は借家で隣り近所とのつき合いなどはまったくなく、元より家具調度類は必要最小限とし、日頃から後腐れなく姿を消せるようにはしてあった。

しかし心残りなものがあり、それをどうしても手にして行方をくらましたかったのだ。

ところが家の見える所まで来て、夢路の表情が一変して険しいものになった。

見知らぬ男が二、三人、家の前に屯《たむろ》していたのだ。町人体だが堅気とは思えず、男たちの全身からは針のような殺気が漂っている。

(なんだい、あいつら)

とっさに閃いたのは、十文字屋嘉兵衛を手に掛けた刺客たちではないかということだった。ほかには考えられない。しかし連中が夢路になんの用があるのか。それになぜこの家を知っているのか。仕舞屋を知るのは助八だけのはずだった。

日はみるみる傾き、うす暗くなってきた。

男たちに問い質《ただ》すわけにもゆかず、接触するつもりもなかった。日を改めようと思い、身を引きかけたところで、男の一人と目が合った。突き刺すような殺意を感じた。

（ヤバい、冗談《じょうだん》じゃないよ）

夢路が身をひるがえした。

男たちが静かに騒ぎ、家のなかからさらに三人ほどが飛び出して来た。それらが一斉に夢路を追う。

夢路は逃げた。路地から路地をまっしぐらに突っ走る。男たちは確かな足取りで追って来る。河岸へ出て、一人が追いついた。

夢路が向き直り、身構えた。

「なんだい、おまえたちは」

男は何も答えず、ふところから匕首《あいくち》を抜き放つや、猛然と突進して来た。その片目が阿蘭陀針でぐさっと刺され、男が目から血を噴いて絶叫を上げた。もんどり打って掘割へ落下して行く。後の男たちが向こうから殺到して来た。

夢路はまた逃げた。

少し先に人通りが見えている。

そっちへ急ぐ夢路が近くに気配を感じ、とっさに片腕を挙げると、風を切って飛来した鎖分銅《くさりふんどう》が手首に巻きついた。

夢路が力を込めて鎖を手繰《たぐ》り寄せ、必死で分銅を外してパッと解き放った。男が後ろ向きによろける。

さらに夢路は逃げ、人通りのなかへ紛《まぎ》れ込んだ。男たちが血眼《ちまなこ》で追って来て、探しまくった。

だがどこにも夢路の姿はなかった。

男たちは人目を避け、見交わし合っていたが、やがて一斉に立ち去った。

物陰から夢路が現れ、今度は男たちの尾行を始めた。敵の正体を突きとめたかった。殺し屋ではあっても、人から命を狙われる覚えはない。

男たちが路地の暗がりに消えると、夢路は走って追った。その時、背後に男が立って、夢路の背に匕首を突きつけた。

夢路が声を呑んだ。

「てめえは怖いもの知らずだな」

ざらついた男の声だった。

夢路は身の危険を感じ、進退窮《しんたいきわ》まった。

だがそこは百戦錬磨《ひゃくせんれんま》ゆえ、動じはしなかった。夢路は男にゆっくり向き直る。その男は裏渡世の垢《あか》が骨の髄《ずい》まで染み込んだような、うす汚れた中年だった。

突如、夢路が手練《てだれ》の技を繰り出した。両手が奇術師のように俊敏に動き、目にも止まらぬ早業《はやわざ》で男の匕首を巻き取り、一瞬で奪取したのである。

匕首を突きつけられ、男は声を呑む。

「白状おし、どこのお身内衆なのさ」

男は睨み返して口を噤《つぐ》む。

匕首の刃先が男の腹に向けられた。

「こんな所で死にたかないだろ」

男は開き直り、うす笑いで言う。

「九頭龍《くずりゅう》だ」

夢路が表情を一変させた。

「もうおめえに身の置き所はねえ。どこへ逃げたって無駄だ。明日にゃ骨んなってるだろうぜ。気の毒になあ」

「どうして九頭龍があたしの命を」

「芝口屋に手を出しちゃいけなかったんだ」

「それで十文字屋を」

男がうなずく。

「待っとくれ、あたしが仕留めた万二郎は替え玉だと聞いたよ。本物は生きてるんじゃないのかえ、だったら怨《うら》むのは筋違いだろ」

「その本物のお達しよ」

夢路は慄然《りつぜん》と息を呑む。

「どういうことなのさ。いったい何者なんだい、芝口屋の万二郎ってな。堅気の商人じゃないってのかい」

「どうかな、そいつぁ。ともかくおめえはしちゃいけねえことに手を出した。自分から寿命を縮めたってことよ」

夢路の隙《すき》を見て、男は逃げ去った。

佇立《ちょりつ》したままで、夢路は男の匕首を投げ捨て、凝然《ぎょうぜん》と動けないでいる。

九頭龍を相手にしたら勝ち目はなかった。

だが仕舞屋に残したものに、どうしても後ろ髪引かれる思いがしてならないのである。

第二章　暗闇《くらやみ》の争い

一

音松《おとまつ》とは別に、布引左内《ぬのびきさない》にはもう一人手先がいた。

それはお雀《すず》という二十歳過ぎの娘で、かつてその父親長次《ちょうじ》もやはり左内の手先だった。

ところが数年前に町中で兇状持《きょうじょうも》ちに出くわし、長次はこれを捕らえんとしたところ、反撃されてあえなく落命した。

その時、父親に同行していたお雀も兇状持ちに囚《とら》われて、旅籠《はたご》の二階から投げ落とされた。一命はとりとめたものの、お雀は右足を折って一生治らぬ不自由な躰《からだ》にされた。それから外出の折には杖《つえ》が手放せなくなった。

左内は責任を感じ、贖罪《しょくざい》のつもりもあり、以来、天涯孤独《てんがいこどく》の身になったお雀の面倒を見ることにした。

長次の墓を建ててやり、お雀を本所一つ目《ほんじょひとつめ》の文六長屋《ぶんろくながや》に住まわせ、不足のない暮らしをさせている。

そんなお雀の不自由な躰で売り商《あきな》いなどはできないから、彼女は家のなかで叶《かな》う仕事を持つことにした。代筆屋である。お雀は類稀《たぐいまれ》な能筆家《のうひつか》なのだ。

公事訴訟《くじそしょう》の難しい文から、居酒屋の売掛請求《うりかけせいきゅう》、はたまた付け文に至るまで、お雀はなんでも引き受ける。時には文面まで考えてやったりもする。仕事はそうしょっちゅうあるわけではなく、暮らしを支えるというほどではないにしろ、その仕事にお雀は生《い》き甲斐《がい》を見出《みいだ》している。

そうしてお雀の生活はこの代筆業と、左内から持ち込まれる事件相談の二つで成り立っているのだ。

左内ほどの熟練の同心が、なぜこんなしがない町娘に事件の相談を持ちかけるのか。それもまたお雀の才覚のひとつで、彼女は目から鼻に抜ける女であり、頭脳明晰《ずのうめいせき》なのだ。つまり左内はお雀の才覚に目をつけ、知恵袋《ちえぶくろ》として頼りにしているのである。

『困った時のお雀』

なのである。

「旦那《だんな》、その九頭龍《くずりゅう》っての、なんなの」

左内が手土産《てみやげ》に持ってきた大福餅《だいふくもち》を頬張《ほおば》りながら、お雀が問うてきた。

お雀はまん丸顔にはっきりとした目鼻がついて、美人とは言い難《がた》いが、どこか愛くるしく、年のわりには可憐《かれん》なのである。髷《まげ》をきちんと娘島田《むすめしまだ》に結《ゆ》い、いつもこざっぱりとした小袖《こそで》を着ている。不自由な躰にもめげずに気丈に生きているのだ。

六帖《じょう》一間、土間と竈《へっつい》のついたお雀の長屋に上がり込むなり、左内は十文字屋《じゅうもんじや》一家惨殺の顚末《てんまつ》を語って聞かせた。そうして音松に調べさせた結果、浮上してきた『九頭龍』なる闇《やみ》の名称を口にしたのである。

「九頭龍ってな、殺し屋の組合の名めえなんだ」

「そんな組合があるの」

「ああ、ひっそりとだが手広くな。おれたち役人もずっとめえからその名は聞いていた。人殺しを請負《うけお》ってべら棒な金をふんだくってよ、どんな相手でもし損じることはなく、きっちり仕留めるんだとよ。たまんねえよな、そんな奴《やつ》らに命狙《ねら》われたら」

「どんな連中がやってるの」

「それが皆目《かいもく》わからねえときてやがるのさ。どんな奴が差配《さはい》して、どんな実行役が送り込まれてくるか、誰《だれ》にもわからねえんだ」

「怖い話ね、背中がスースーしてきちゃう」

お雀は怖そうに襟元《えりもと》を掻《か》き合わせる。実際に火の気がなくて寒いから、お雀は慌てて火鉢《ひばち》の火を熾《おこ》す。

「で、あたしは何をすればいいの。一味を探り出すなんて芸当は、とてもじゃないけどできないわよ」

「わかってらあ、おめえにそんなこと頼みゃしねえやな。おれがおめえに頼むこたひとつしかねえ、勘だよ、勘」

「待って、勘の働かせようがないわよ、材料が何もないんだから」

「ねえこともねえのさ」

「だったら言ってよ、早く」

「手先の音松がとってきのネタを仕入れてきてな、九頭龍一味と思われる連中に一人の女が追いかけられてたってんだ」

「どんな女なの」

「三十めえの凄味《すごみ》のある女ってことしかわかってねえ。どうやらその女はなんぞ下手《へた》でも打って、一味に命を狙われてるようなんだ」

「だとすると、もうこの世にゃいないかも知れないわね」

「いいや、おれぁその女も殺し屋だと思っている。だから滅多《めった》にぶっ殺されやしねえよ」

「あたしにその女を探せってえの？　この躰でどう考えたってやっぱり無理よ」

「見出し人（目撃者）の話によると、女は霊巌島町《れいがんじまちょう》の辺りにいたってえんだな。そこいらに隠れ家でもあるんじゃねえのか」

「あたしにそこへ行って、日がな一日突っ立ってろってえの？　三十前の女なんてごろごろいるわよ」

「そこだよ、おめえならその女を見てぴんとくるんじゃねえか。ふつうの人間ならわからなくとも、いつだってそういう勘は冴《さ》え渡ってるじゃねえか」

「辛《つら》いなあ、この寒空に表にいるのは」

「やってくれよ、このおれの頼みなんだ」

左内が拝《おが》んだ。

「うむ、どうしようかしら」

お雀は気乗りがしないようだ。

「迷うことなんかねえだろ。今日のおめえはいつもと違うみてえだ。障《さわ》りでもあるのか」

「そんなものないわよ、あたし寒がりなの」

「女を見つけたら温めてやるぜ」

「どうやって？」

お雀がじりっと膝《ひざ》で迫った。

左内は思わず引いて、

「あったけえ天ぷら蕎麦《そば》でも食わせるよ」

「それじゃつまらない、もっと違うものが欲しいのね」

「たとえば？」

「ほかほかした絹《きぬ》の襟巻《えりまき》とか。贅沢《ぜいたく》かしら」

「お安い御用だ」

「うん、ならいい、やる」

「よっしゃ」

左内が安堵《あんど》する。

しかし安堵のわけは違うところにあった。

近頃《ちかごろ》のお雀は娘盛りで、女臭くて時に左内は圧倒されることがある。長次の娘と妙な関係になることだけは避けたい。長屋の住人たちにはは、同心と手先の娘という関係はそれとなく匂《にお》わせてあり、変な目で見られないようにはしてある。表向きの昼行燈《ひるあんどん》とは別に、事なかれで生きているつもりはないが、なるべくそういうことはないようにしたいのが左内の本音だ。

お雀へ寄せる情愛とは別に、生身な娘の色香に悩まされる左内なのだ。

お雀に女の探索を頼み、左内は長屋を後にした。

二

新浜町《しんはまちょう》の仕舞屋《しもたや》に置き忘れたものをどうしても取り戻したく、夢路《ゆめじ》は迷いに迷った末に再び家の近くへやって来た。

暮れなずむ辺《あた》りを、真っ赤な夕日が染めている。

家の前に人影は見えず、男たちは引き上げたようなので、近づいて行ってハッとなって身を隠した。人相の悪いのが二人、家から出て来て辺りをうろつき始めたのだ。

夢路は舌打ちし、物陰《ものかげ》に佇《たたず》んだ。

二人ぐらいならすぐに片づけることはできるが、なかに何人いるか知れず、迂闊《うかつ》な真似《まね》はできない。見つかればまたおなじことの繰り返しになる。

なぜこうまで執拗《しつよう》に夢路を狙いつづけるのか、一味の真意がつかめぬだけに、もどかしくてならない。

思案にあぐねる夢路の背後に気配がし、鋭く振り向いた。

そこに立っていたのは坊太郎《ぼうたろう》だった。

「まっ、あんた」

坊太郎は屈託《くったく》のない笑みで、

「やはり戻って来ましたね」

「あ、あんたこそ何しに来たの」

「夢路殿に会おうと思って、一《いち》か八《ばち》かで来てみたのです。わたしの勘が当たりました」

「もう日が暮れたからお帰りな。父上や母上が心配するわよ。あ、この前はどうしたの、お父上に叱《しか》られたでしょ」

「うまい嘘《うそ》を思いつきました。浦島太郎《うらしまたろう》になって龍宮城《りゅうぐうじょう》で足止めされたと言ったのです」

「そんな話、大人は信じないわよ。よく切り抜けたわね。あたしのことを喋《しゃべ》ったの」

「いいえ、約束は守りました。夢路殿とのことは秘密なのですから」

「いいからお帰り、こんな所にいちゃいけないよ」

「何をしに戻って来たのですか。あの家に忘れ物でも?」

「あんたの与《あず》り知《か》らぬことよ、放っといて」

「何を忘れたのですか」

「言わない」

「わたしが取って来ます。だって変な奴らがいて入れないんでしょ」

「あんたに頼むわけにはゆかないの、とっととお帰りってば」

「いいんですよ、ここまで来たんですから。教えて下さい、何を取ってくればいいんですか」

坊太郎は食い下がる。

「あたしを困らせないでよ」

「わたしは武士の子です」

「だから、何」

「やると決めたらやるのです。わたしの見込んだ人が困っているのを見て、知らん顔はできません。義を見てせざるは勇なきなり、なのですね」

「あたしを見込んだって？」

「はい、見込みました」

夢路は困惑し、途方に暮れる。

「あんたって本当に変わった子なのね。あそこにいる連中の顔を見ればわかるでしょ、見つかったら何されるかわからないのよ」

「わたしは武士の子ですから」

坊太郎はまたおなじことを言い、

「さあ、言って下さい。何を取ってくればよいのですか」

「ああっ、こん畜生、どうすりゃいいのよ」

困り果てた末、夢路は坊太郎にせっつかれてようやく決断し、あることを囁《ささや》いた。

さらに家の間取りを坊太郎に告げ、そのものがどこにしまってあるのかを伝える。

それを聞いた坊太郎が考え巡らせ、

「なるほど、それはきっと思い出の品なのですね。夢路殿にとってはかけがえのないような」

「そうよ、母親の形見なの」

「では行って来ます」

「裏からこっそり入るのよ、いい？　ぬかりなくやってね」

「勿《もち》の論《ろん》です。わたしは武士の」

「それはもうわかったから、早く行って」

坊太郎はすばやく姿を消し、路地伝いに仕舞屋へ近づいて行った。勝手戸をそっと開けてなかへ忍び込む。草履《ぞうり》を脱いでふところにねじ込み、上がって抜き足差し足になった。

一室から複数の人の気配が聞こえた。

坊太郎は緊張しながら、細く狭い廊下を進み、そろりと小部屋へ侵入した。背伸びして隠し棚の幾《いく》つかをまさぐっていたが、やっと目当てのものが手に触れ、それを引っ張りだした。朱塗りの文箱《ふばこ》のなかでカタッと動く音がする。

蓋《ふた》を開けると、赤い玉かんざしが布地に留めてあった。

(これだ、よし、間違いない)

文箱をふところに収め、元の道を辿《たど》った。

不意に、目の前にいかつい顔つきの男が立った。

「小僧、何してやがる」

男をダッと突きのけ、坊太郎が走った。

だがその襟首がつかまれ、強い力で引き戻された。他の男たち二、三人も部屋から姿を現し、坊太郎を取り囲んだ。

年嵩《としかさ》の男が坊太郎の胸ぐらを取った。

「どこの小僧だ、これはなんだ」

坊太郎のふところに手を突っ込み、文箱を取り出した。なかを開け、男たちが見入る。

それを取り戻そうと、坊太郎が暴れた。だがたちまち男たちに取り押さえられ、ぐうの音《ね》も出なくされた。

坊太郎は悔しさに唇を噛《か》みしめ、泣くに泣けなかった。

三

田鶴《たづ》は厨《くりや》にいて夕餉《ゆうげ》の支度《したく》をしていたが、またしても坊太郎が帰って来ないので心ここにあらずとなった。

玄関の方で物音がしたので、田鶴はハッとなって支度の手を止め、濡《ぬ》れた手を前垂《まえだ》れで拭《ふ》きながら急いでそっちへ向かった。

左内が上がりはせず、こんな時にふさわしくない間抜けにも見える表情で、玄関に突っ立っていた。

外はもう闇が濃くなってきている。

「どうでしたか、旦那様」

左内の前に座し、田鶴が期待の目で問う。

「いや、どこにも」

左内は落胆《らくたん》の体《てい》で式台《しきだい》の前に掛け、

「いけませんなあ、この前とまったくおなじですよ。あっちこっち当たりましたが、どなたも坊太郎は見ておらぬと。またいなくなったのですかと、笑われるばかりでした。みっともないったらありゃしません」

「どうしたらよいのでしょう」

消え入りそうな田鶴の声だ。

「こんなことなら龍宮城とやらがどこにあるのか、聞いておくべきでしたよ」

左内が揶揄《やゆ》して言うも、冗談《じょうだん》にもならず、

「重ね重ね親に心配をかけ、こんなことばかり繰り返して、あの子はいいと思っているのでしょうか」

前回の失踪《しっそう》の件も結局うやむやとなり、坊太郎からなんの説明もなされていなかった。

「堪《たま》りませぬ、わたくし、見て参りますわ」

田鶴が前垂れを外して行きかけると、左内はそれをやんわり止めて、

「わかりました、もう一遍《いっぺん》探し歩いてみますよ。ハハハ、これも前回とおなじですな

あ」

「いいえ、旦那様はお疲れのはずでございますゆえ、今日はわたくしが」

「なんの、伜《せがれ》のためですから。今度はあまり騒ぐのはやめにしておきましょう」

両刀を差し、腰に十手を落とした同心姿のままで、左内は組屋敷を出て行った。

「坊太郎……」

しゃがんで徒《いたずら》に考え込むことしか、田鶴にはなす術《すべ》がなかった。


満月が頭上で光り輝いていた。

地蔵橋《じぞうばし》まで来たところで、左内は背後から声を掛けられた。

「定町廻り《じょうまちまわ》同心の布引左内様でございますわね」

聞き覚えのない女の声に、左内は油断せずにゆっくり振り向いた。

夢路が恐懼《きょうく》の体で、身を縮めるようにして立っている。

その風情《ふぜい》を見るや、左内はその女が音松が調べてきた「三十前の凄味のある女」だとすぐにわかった。堅気《かたぎ》の女ではないことも見破った。長年の役人としての勘働きだ。

しかし町人でいながら人品《じんぴん》、風格卑《いや》しからずの女の様子を見て、粗略《そりゃく》に扱うわけにもゆかず、慎重な対応をすることにした。

「何用でござろう」

やや警戒を滲《にじ》ませて言った。

「お宅様のお坊っちゃまのことで」

左内が見る間に色を変えた。

「坊太郎がどうかしましたか」

「はい、実はそのう……」

言いかけ、何やら逡巡《しゅんじゅん》している。

夢路がはっきりものを言わないから、左内は苛立《いらだ》つ。

「坊太郎はどこに。それをご存知《ぞんじ》か」

夢路は青い顔でうなずき、

「危ない奴らに囚われてしまいました」

「ええっ、なぜそんなことに」

「あたくしが悪いのでございます。お赦《ゆる》し下さいまし」

頭を下げる夢路につかつかと寄り、左内はその肩を思わず強くつかみ、

「そんなことはいいですから、事の次第《しだい》を聞かせて下さい。危ない奴らとはどんな連中なんですか」

「は、はい、それは……」

夢路は苦しい顔を歪《ゆが》める。

「あなたのお名は」

夢路がためらう。

「お名を聞いています」

「夢路、と申します」

切れぎれの声で夢路は答える。

「夢路さん、ではあなたはどういう筋の人なのか、それを聞かせて下され」

「言えないんです、それだけは」

「役人のそれがしに言えんのですな」

「後ろ暗い素性《すじょう》なんです」

「後ろ暗い……」

おのれの勘が当たっていたので得心する。

「お察し下さいまし」

「はて、そう言われても。何を察すればよいものか」

「何もかもわたくしのせいなのです」

「わかりました、とりあえずあなたの素性は問いますまい。坊太郎はどこに囚われているのですか」

「後をつけて確かめてございます」

「そこへ連れて行って頂きたい」

否《いな》やを言わせず、左内が夢路を見据えて迫った。

四

霊巌島埋立地《うめたてち》の河岸《かし》一帯に富島町《とみじまちょう》はあり、そこに『蒟蒻島《こんにゃくじま》』という奇妙な名で呼ばれる一角があった。

川を埋めて町屋としたもので、新地として間がないその頃は歩くと水を含んだ地面がプカプカと動くところから、蒟蒻島の異称がついた。今は地固まってそんなことはないが、以来、土地としての評価は上がらず、三流の三業地としてそれなりに栄《さか》えてはいる。気安さが売りで、蒟蒻芸者と呼ばれる女たちもいるのだ。

町外れに身代限り《しんだいかぎり》（破産）になったばかりの瀬戸物問屋《せとものどんや》があり、今は家も封鎖《ふうさ》されて無人となっていた。

二人して商家の軒下に入り、夢路は左内にその家を指し示した。

「あの家に連れ込まれたんです、坊太郎ちゃんは」

「まだなかにいるようですな」

家に目を凝《こ》らして左内が言った。ぼんやりとうす灯《あか》りが見える。

「坊太郎の名を知っているということは、あなたは以前より伜と知り合っていたということになりますが」

「は、はい」

「龍宮城の乙姫《おとひめ》様とはあなたのことか」

図星《ずぼし》を衝《つ》かれ、夢路は返答に詰まる。

「なるほど、そういうことですか」

「坊太郎ちゃんとはふとしたきっかけで知り合っただけで、わたくしの方に他意はございません」

殺しの現場を見られたとは言えない。

「ふうん、まっ、それはともかくとして、伜を捕えた奴らの数は」

「五人いました。いずれも破落戸《ごろつき》どもです」

「やくざ者か、無宿人か」

「無宿人ですわね。どのみち行き場のない連中かと。人だって手に掛けているのかも知れません」

単なる憶測《おくそく》ではなかった。

「そいつらがなんのために伜を」

「それは……」

夢路は説明に困る。

「わかりました、ではこうしませんか」

「はい」

「伜が囚われたのは、あなたにも責任があるようなことを言われた。では助け出すことはやぶさかではござらんな」

「はい」

「ならば手を貸して頂きたい」

「なんでもお申しつけ下さいまし」

左内が耳許《みみもと》に何やら囁くと、夢路は確《しか》と承知した。ものに動じないその様子を見るにつけ、左内は思った。

(やはりこの女は尋常《じんじょう》じゃねえな)

瀬戸物問屋の店のなかはまだ瀬戸物が山と積まれていて、帳場などもそのままで、生活感が残っている。

坊太郎は夢路の家でもそうされたように、またしても後ろ手に縛られ、柱に括《くく》られていた。その周りを五人の無宿人が取り囲んでいる。

年嵩の無宿人が居丈高《いたけだか》になって言う。

「やい、小僧、今んところおめえをどうこうするつもりはねえがよ、あの女とはどういう知り合いなのか、それを聞かせろや。ちゃんと話したらこいつをけえしてやるぜ」

赤い玉かんざしを翳《かざ》してみせた。

坊太郎は焦《あせ》って身をよじり、

「返して下さい、それはあなた方が持っていても宝の持ち腐《ぐさ》れというものです」

「言うじゃねえか、洟垂《はなた》れ小僧が」

年嵩が言い、男たちが見交《みか》わしてゲラゲラ笑った。

その時、台所の方で物音がした。

「お出《い》でなすったようだ」

年嵩が緊張の目で言って男たちに指図し、四人が抜き身の匕首《あいくち》を手に台所へ向かった。

年嵩と坊太郎だけになる。

するとに面した障子に夢路の影が映った。それがすっと横切って消え去った。

「あの阿魔《あま》」

年嵩が匕首を抜き放ち、夢路を追った。

坊太郎だけになるところへ、間髪《かんはつ》を容《い》れずに夢路が隣室からするりと忍び入って来た。

「あっ、夢路殿」

夢路はしっと口に指を当て、坊太郎を立たせて勝手場へ走り、戸を開けて外へ飛び出した。

「夢路殿、よくここへ」

「あんたを助け出さないことには夜も眠れないわよ。こっから一人で逃げて。見当はつくでしょ」

「はい、大丈夫です」

夢路が匕首を抜いて坊太郎の縛《いまし》めをぶっち切り、彼方《かなた》を指さした。

「夢路殿、かんざしが取られたままです」

「いいわ、あたしがなんとかする。早くお逃げ」

コクッとうなずき、坊太郎は夜道をひた走って行った。

夢路は家へ戻り、真っ暗な台所へ行って見廻《みまわ》し、慄然《りつぜん》となった。

無宿人四人が折り重なるようにして仆《たお》れていたのだ。いずれも一刀の下に斬《き》り裂かれ、血まみれで絶命している。

廊下の方で男の呻《うめ》き声が上がった。

そっちへ夢路が駆けた。

年嵩が斬られて仆れ伏していた。

物陰から左内が現れ、夢路の前に立った。血刀を懐紙《かいし》で拭《ぬぐ》い、鞘《さや》に納める。

夢路がハッと身構え、とっさに匕首を握りしめた。

「伜は逃がしてくれたかい」

がらっと口調を変え、左内が言った。

夢路は緊迫の目で左内を見て、うなずき、

「あの子はここいらの道はわかっているはずですから、ご心配には」

「それじゃここでおたげえをはっきりさせようじゃねえか。おめえさん、何者なんでえ」

「それは……」

夢路が言葉を呑《の》む。

「またしても言えねえってか」

「堪忍《かんにん》して下さい。誰にも人に言えないことはあります。布引様だってここで奴らを成敗《せいばい》したこと、坊太郎ちゃんには言えないはずですよね。というより、お役人としてあってはならないことです」

「ああ、確かに言えねえな。おめえさんだから打ち明けるが、ぶっちゃけて言うと、おれぁ陰に隠れて悪党どもをぶった斬っている。誰にも知られてねえのさ」

「はい、これで布引様も尋常なお役人じゃないことがわかりました。ここはおあいこってことにしてくれませんか」

「待ちな、何もわからねえままおめえさんと別れるってか。小僧の使いだぜ、それじゃ。おあいこなんて言われると、なんだか妙な気分になっちまわあ」

「あたしの正体は口が裂《さ》けても言えないんです」

「九頭龍の一味に追われてるらしいな」

夢路は答えない。

「倅とはどこで会った」

「そ、それも言えません」

「坊太郎は知ってんのか、おめえさんの正体を」

夢路は黙《だんま》りを通す。

「そうかい、だったら倅に聞いてみらあ」

「あたしと約束を交わしました。あの子はたとえお父上でも言わないと思いますよ。そういう子なんです」

「わかってるよ、倅のことは。恐らく拷問《ごうもん》にかけられても言うめえな。そういう奴よ、坊太郎ってな。ガキのくせしてあんな頑固者《がんこもの》はいやしねえ」

夢路がふっと笑い、

「お父上に似たんじゃありませんか」

「そうかな」

「そうですよ」

そこで夢路は居住《いず》まいを正し、左内に一礼して、

「とんだことでご迷惑を。もうお会いすることはないと思いますが、わたくしのご無礼をどうかお許し下さいまし」

逃げるように行きかける夢路に、左内が声を掛けた。

「待ってくれ」

夢路が振り返ると、左内が赤い玉かんざしを差し出した。年嵩からぶん取ったのだ。

「おめえさんのだろ」

夢路は表情を引き締め、それを受け取って消え去った。

左内も急いで坊太郎を追い、身をひるがえした。

五

子供の足とはいえ、九歳ともなるとなかなかのもので、左内はようやく南茅場町《みなみかやばちょう》の河岸で坊太郎に追いついた。すぐ近くに大番屋《おおばんや》がある。

「おい、坊太郎」

「あっ、父上」

悪いことでも見つかった風情で、坊太郎は歩を止めて畏《かしこ》まる。

左内が追いついて肩を並べ、

「また龍宮城へ行っていたのかな」

「あ、いえ、その、今日は違います」

「じゃどこにいた」

「それは言えませぬ」

「誰と会っていた」

「そ、それも、どうかお許し下さい」

坊太郎が頭を下げる。

「そうかい、口が固えもんな、おめえは」

「お許し下さい」

またおなじことを言った。

「ならいい、聞かないことにする。けどおまえ、おれと母上に秘密を持ったままで、この先も布引家で暮らしてゆけるのか。おまえはそういう奴なのか」

「……」

「まっ、いいや、今日は帰るとしよう」

左内が先に立ち、坊太郎はトボトボとしたがう。だが思い余った様子で立ち止まった。

「聞いて下さい、父上」

左内も歩みを止めて坊太郎を見た。

坊太郎が一気に喋る。

「たった今まで蒟蒻島の家に囚われていました。無法な人たちがわたしを縛ったのです。どうしてそんな所へ行ったかと言いますと、ある人にあるものを取り返すように頼まれたからなのです。あ、いえ、正しくは頼まれたのではなく、わたしが自分から買って出ました。それを取り返さないとその人が困ると思ったからです。ところが家に忍び込んだら無法の人たちに見つかって、囚われてしまったのです」

左内が惚《とぼ》けて問い掛ける。

「どうもよくわからないな、おまえの話は。ある人とかあるものとか、あたしにはさっぱりだ」

「それは、無理もありません」

「誰なんだ、ある人ってな」

「母上には内緒にしてくれますか」

「おれも口が固えことで有名なんだ」

「夢路殿という人です」

「何者なんだ」

「それはわたしにもわかりません。夢路殿が言わないからです。でも夢路殿についてはそれ以上のことは明かせぬのです」

「どうして」

「約束したからです。ほかの人には喋らないと」

「おれはほかの人なのか、坊太郎」

坊太郎は泣きっ面《つら》になる。

「そんなことありません、わたしの大事なお父上です」

「夢路殿とどっちがでえじだ」

「申すまでもありません」

「だったら秘密はなしにしないか、おれとおまえの男と男の約束といこうではないか」

「うぬぬ……」

坊太郎が唸《うな》って腕組みした。

左内が坊太郎の頭を小突いて、

「偉そうな唸り声を出すな」

「父上、では秘密を明かすことにします」

「そうこなくてはいけないな。やっと元の親子に戻ったぞ」

坊太郎はにっこりして、

「わたしもおなじ思いです」

「で、肝心《かんじん》の秘密だ」

「人殺しを見てしまったのです」

左内が坊太郎に真顔を据えた。

「どこで」

「紅葉屋《もみじや》です」

左内は言葉を呑む。

「若旦那風の人が針みたいなもので首の後ろを刺されたのです。手に掛けたのは夢路殿でした。わたしはそれを見ていたのです」

「ううっ、寒っ」

左内は袖を鳶《とんび》にし、

「早く帰ろう、話は道々聞く」

坊太郎の背を押してうながした。

六

大伝馬塩町《おおでんましおちょう》に『古唐子屋《こがらしや》』という古道具屋があった。

この頃の古道具屋は簞笥《たんす》、仏壇《ぶつだん》、仏具、文机《ふづくえ》、薬缶《やかん》、床几《しょうぎ》などの古物の家財道具を買い取り、売り捌《さば》く。今とさして変わりはない。

古唐子屋は小さい店ではあるも、それらだけでなく、壺《つぼ》、軸物《じくもの》、巻物などの古美術品も手広く扱い、時にそのなかに掘り出し物があることもあり、好事家《こうずか》たちの間では目の離せない店、と言うことになっている。

主《あるじ》は今右衛門《いまえもん》という老人で、六十近いが矍鑠《かくしゃく》とした長身で、店に出て帳場を仕切っている。量の多い白髪頭《しらがあたま》を結い上げ、真っ白な眉毛《まゆげ》は垂れ下がり、その下の眼光は鋭い。

今右衛門を補佐しているのが権松《ごんまつ》なる番頭だが、これは五十に手の届くかどうかのいかつい男だ。

店はこの二人が切り盛りしていて、ほかには手代と女中二人の三人しかいない。手代は千代吉《ちよきち》といい、二十の前半で、色白の華奢《きゃしゃ》な男だ。女中はお染《そめ》とお国《くに》で、共に十代で、平凡なおとなしい娘たちである。

その日の昼下りに若い来客があった。羽織《はおり》を着て、堅気風に身装《みなり》を改めた助八《すけはち》である。

応対に出た千代吉に向かい、助八が符牒《ふちょう》の言葉を小声で言う。

「わしの思いは富士《ふじ》の白雪《しらゆき》」

すると千代吉がスッと表情を引き締めて、

「積もるばかりで溶《と》けやせぬ」

と答え、助八を待たせたままで帳場の方へ行った。そこで今右衛門と権松に何事か囁いている。

やがて権松が立って来て、助八の前に座るや、露骨《ろこつ》に疑いの目を向けて、

「誰に言われてここへ来なすった」

腹の底に響く声で言った。

「へい、蟻平《ありへい》さんでござんす」

「蟻平さんなら去年に亡くなっている」

にべもなく権松は言う。

「お亡くなりんなるめえに、こちらのことを教えて貰《もら》いやした」

「そこでお待ちを」

権松が身をひるがえし、帳場格子《ごうし》のなかの今右衛門に何やら告げて差配を仰《あお》ぐ。やがて許しを得たのか、権松が千代吉に目顔でうなずいた。

千代吉に案内され、助八は店の奥へ連れて行かれた。それをずっと今右衛門が目で追っていた。

通された小部屋で、どこに目があるか知れないから、助八は落ち着き払った様子で待っている。しかし内実は穏やかでなく、ここが殺し屋の本拠だけに怖ろしくてならない。

権松が静かに入室して来て、対座するなり言った。

「おまえさんの名前と生業《なりわい》は」

「あっしゃ三次《さんじ》と申しやして、東両国《ひがしりょうごく》で米の仲買《なかがい》をしておりやす」

名も生業も嘘を並べる。

「仕留める相手は」

「お伏《ふせ》という女でござんす。通旅籠町《とおりはたごちょう》の丸子屋《まるこや》ってえ旅籠にずっと逗留《とうりゅう》しておりやして」

それも嘘だ。

「事情は」

「お伏は親の仇《かたき》なんでさ。詳しいわけはご勘弁願いてえ」

「仇ということがわかればそれで充分だ。急ぎなさるかね」

「一両日中にはお願えできねえかなと」

「男は二十両、女は十両だ」

助八は袂《たもと》をまさぐり、財布から小判十枚を取り出し、即金で払う。元より夢路の金だ。

権松はそれを収めると、

「どこへ知らせればいい」

「丸子屋の近くにおりやすんで、人が死ねばすぐわかりやさ」

「承知した、それじゃ」

「よろしくお願え致しやす」

頭を下げ、助八は出て行った。

今右衛門が入って来た。隣室で息を殺して聞いていたのだ。

権松の前に座すや、油断のない目を今右衛門は光らせて、

「ちょいと気に入らねえな」

「どこが」

二人だけだと権松は対等の口を利《き》く。

「蟻平が教えるものか」

「これまでにもあったぜ。蟻平の口利きで二人ばかり仕留めてらあ。おっ死《ち》んじまったけど、蟻平なら信用できる」

「蟻平は殺されたんだぞ」

「布引左内に手に掛けられたんだ」

今右衛門が吐き捨てるように言う。

「けどこっちは仕返しはしねえと決めた」

「殺し賃《ちん》を出す奴がいねえからな」

紫煙《しえん》を燻《くゆ》らせながら権松は言う。

「それだけじゃねえ、布引に手を出したらこっちの身が危ねえ。おれたちに言わせりゃ奴は鬼門《きもん》の極悪人よ」

今右衛門が腹立たしげに言った。

「放《ほ》っとこうぜ、布引は」

「わかっている。けど蟻平はいい奴だった」

「言ってくれるなよ、悲しくなってくらあ」

権松は言いながら煙管《きせる》を灰吹《はいふ》きに叩《たた》く。

今度は今右衛門が煙草に火をつけて、

「丸子屋にゃ誰を行かす」

「千代吉一人でいいだろう。てえより、そのめえにこいつぁ上に諮《はか》った方がよかねえか」

彼らの上に何者かがいるのだ。

今右衛門がうなずき、

「わかっている。おれがひとっ走りしてくらあ。おめえは千代吉に因果《いんが》を含ませておけ」

通旅籠町の路地へ入ると、助八は着物の前をまさぐって立ち小便を始め、勝手に喋りだした。

「もう後にゃ引けやせんぜ」

戸板一枚の向こうには夢路が隠れていた。

今日の夢路は婀《あ》娜《だ》な年増の妾《めかけ》風に拵《こしら》えていて、盲縞《めくらじま》の袷《あわせ》に黒繻子《くろじゅす》の衿《えり》をかけ、黒魚子《くろなな こ》の帯に、氷梅《こおりうめ》の半纏《はんてん》を肩の辺りに落ちそうな風情でひっかけている。髪には黄楊《つげ》の櫛《くし》を、鬢《びん》の横に逆《さか》さに挿《さ》している。

「わかってるよ、背水の陣は承知の上さね」

「おっ死《ち》んだりしたら嫌ですぜ。今だからこそ言いやすが、あっしぁ姐《ねえ》さんに惚《ほ》れてんですから」

嘘か本当か、助八が言う。

「うふっ、嬉《うれ》しいねえ。首尾を祈っていておくれ」

別れて去りかけ、夢路が言った。

「そんなもの、早くおしまいよ」

助八は「おっ」と言い、慌てて一物を着物のなかへしまった。

七

夢路は大伝馬塩町から通旅籠町へ向かう途中、ふっとつけられていることに気づいた。

人の往来が頻繁《ひんぱん》だ。

絵草子屋《えぞうしや》の店先に立ち、絵草子を見るふりをして、さり気なく後方に目を走らせた。杖を突いた若い娘がこっちを見て突っ立っている。真新しい絹の襟巻を巻いたお雀である。

（あんな小娘に狙われる覚えはないけど）

どうしてやろうかと、夢路は思案する。

不安を抱えて過ごしたくないから、勇を鼓《こ》してお雀の方へつかつかっと寄って行った。

お雀は慌てまくる。逃げようとするが、もう遅かった。夢路に袖をつかまれてしまう。

「ちょいと、おまえさん」

「いえ、あの、なんですか。妙な言い掛かりをつけると人を呼びますよ。誰か……」

みなまで言わせず、夢路はお雀を路地裏へ引っ張り込んだ。

「誰に頼まれてあたしをつけ廻しているんだい。どんな魂胆《こんたん》なのさ」

「あっ、そ、それは……」

切羽詰《せつぱつ》まり、お雀はそこで突拍子《とつぴようし》もない嘘を考えついた。

「お、おまえさんがあんまりきれいなもんですから、お声を掛けようかと。お金に困っていませんか」

「困ってたらどうするのさ」

「あたしん所で働いて貰いたいんです」

「生業は？　あんたの」

「女の仕出し屋なんです」

「何さ、それ」

「殿方の相手をしてくれればいいんですよ。お酒を一緒に飲んだり、四方山話《よもやまばなし》に花を咲かせたりなんて、どうですか」

いかがわしい稼業らしいので、夢路は失笑する。

「結構よ、間に合ってるわ」

「え、でもおまえさんならきっと売れっ子になれますよ。立ち姿もいいですし、お顔もはっきりしてますもの。うちの親方もきっと喜びます」

左内の顔を思い浮かべて言った。

「お門違いね、もうつきまとわないで」

「そんな、もう少しあたしの話を」

お雀を突き放し、夢路は行ってしまった。

それ以上は追わず、お雀は少し考え込んでいたが、やがて踵《きびす》を返した。

立ち去ったはずの夢路が、物陰からじっとお雀を見ていた。本当に女の仕出し屋なのかどうかは確かめようがないが、杖を突いた不自由な躰でお上の手先とも思えず、あまり考え過ぎないようにしようと、そのまま身をひるがえした。

すると――。

消え去ったはずのお雀が路地の陰から顔を覗《のぞ》かせ、今度は見つからないようにと自らを戒《いまし》めながら、尾行を再開した。

お雀は諦《あきら》めることが嫌いで、しつこい性分なのだ。

八

二刻（四時間）ほど後、お雀はあちこちを探し歩き、ようやく小網町《こあみちょう》の自身番で左内をつかまえた。今日は日本橋北《にほんばしきた》の界隈《かいわい》にいるはずだと、あらかじめ聞いていたのだ。

「旦那の睨《にら》んだ通りになったわ」

自身番奥の板の間で、お雀は左内を前に話しだす。

「やはりあたしの勘働きは冴え渡っていた」

「だろう、で、何をつかんだ」

「今日で丁度三日目になるわ。霊巌島町辺りで道行く女の人を見ていたら、一人ピンとくる人がいて後をつけたの。そうしたら妙ちくりんな古道具屋の近くでうろついていたかと思ったら、そこから出て来た若い男と路地裏でひそひそと内緒話を。やがて男と別れてどこへ行くのかと思っていたら、途中であたしの尾行に気づいて問い詰められたの。肝《きも》が冷えたわよ」

「とっちめられたのか」

「いいえ、そこはあたしの機転で切り抜けたのね。立ち去ると見せかけといて、また後をつけたら、通旅籠町の丸子屋って旅籠に入って行った。宿の人に何者なのかそれとなく聞いてみたら、お伏って名前で五日ほど前から逗留しているそうよ」

「どんな女だ、そのお伏ってな」

「旦那が言った通りの凄味のあるきれいな人よ。お妾《めかけ》さん風の身装《みなり》をしていたわ。正体は不明ね」

「よしよし、丸子屋だな、行ってみらあ」

「あたしが目をつけた女、図星だったのかしら」

「ああ、でかしたぞ、やっぱりおめえは使える娘だぜ」

「うふっ、ねっ、これ、どう?」

襟巻を見せた。

「よく似合ってるな」

「お金出してくれて有難《ありがと》う」

「これでうめえもんでも食ってけえんな」

左内はお雀に数枚の銭を握らせると、

「今の話に出ていた妙ちくりんな古道具屋ってな、どんな店なんだ」

「なんとなく陰気臭くてね、店の人たちも怪しいの。そこへ入ってったお伏の仲間みたいな男はごく尋常な人だった」

「店の名めえは」

「古唐子屋」

「凝《こ》った屋号じゃねえか」

「なんか曰《いわ》くがありそうよね」

「おめえに頼むとかならず当たりが出るから不思議だよなあ。てえしたもんだぜ」

お雀を自身番へ残し、左内はふところ手になって表へ出て歩きだした。

お伏なる女の見当はついていた。夢路に違いない。これから通旅籠町の丸子屋へ行ってそれを確かめるつもりだ。夢路は何かの目論見《もくろみ》があって動いているのだろうが、彼女が殺し屋であることはわかっているのだから、気を引き締めて接しなければと思う。しかし坊太郎から聞く夢路像は天女様のようなので、そこが左内の悩むところだ。

いつか夢路に縄を打たねばなるまいが、坊太郎の前では決してそれはできない。

あれから帰宅して後、坊太郎は田鶴と口喧嘩《くちげんか》になってしまった。事情がわかっているだけに、仲裁に入った左内も複雑だった。なんとか二人をなだめ、事なきを得たものの、今でも家のなかは気まずい空気が漂《ただよ》っている。今後の課題はなんとかして健全な家庭に戻すことだ。家長としての左内の責任は重いのである。

通旅籠町の丸子屋へ来て様子を窺《うかが》った。大きくて立派な旅籠だった。夢路がそこに逗留しているわけが知りたかった。いったい何を目論んでいるのか。

古手の女中が出て来て、旅籠の表で水撒《みずま》きを始めた。左内が寄って行って尋《たず》ねる。

「ここにお伏って女が逗留しているな」

女中は同心姿の左内におののき、「へい、確かに」と答える。

「旅人なのか、お伏は」

「あ、いえ、ちょっとわけありみたいな」

「どんな」

「さあ、詳しい話はあたしらなんかには。きっとどっかに家があって、よんどころのない事情でもあってお泊まりんなってるんじゃないかと」

「連れはいねえんだな」

「へえ、いつもお一人で」

女中は左内の顔色を窺うようにして、

「あの、お伏さん何かやらかしたんですか」

「そういうわけじゃねえが、そう思えるのかい、たとえば犯科《はんか》に関《かか》わっているとか」

「いいえ、滅相《めっそう》もない。あの人はちゃんとした御方《おかた》でございますよ。先非持《せんびも》ちなんかにはとても思えません」

先非持ちとは、前科持ちのことをいう。

「部屋は空いてるか」

「どのお部屋で？」

「できりゃお伏の隣りがいいぜ」

九

男はまだ若い二十半《なか》ばほどで、黒の長羽織に細身の脇差《わきざし》を落とし差しにし、頭から黒の頰被《ほおかむ》りをして、月明りを憚《はばか》って面体《めんてい》を隠している。

その男こそ、夢路が紅葉屋で仕留めたはずの芝口屋万二郎の本物で、それが丸子屋の二階一室の窓から見え、夢路は色を変えた。

窓から覗いたのは、夜なのに若い娘たちのさんざめく声が聞こえたからだ。万二郎を取り巻く若い娘たちは、お染とお国だ。

（あいつがなぜ今になってここへ……）

解《げ》せない気持ちと同時に、自分が嵌《は》められているように思えてきた。嵌めたのはこっちのはずが、敵の術策にまんまと乗せられてしまったのか。まさか万二郎が姿を現すとは思っていなかったから、夢路は落ち着かなくなってきた。今宵《こよい》の狙いは古唐子屋が放つ殺し屋たちで、殺しに来たのを囚え、九頭龍一味の追及をするつもりだった。そのために助八を使い、丸子屋逗留のお伏なる女に化《ば》け、ここで襲撃を待っているのだ。

万二郎はこれ見よがしに丸子屋の下を通って行き、お染、お国共々歩き去って行った。

窓を閉め切り、夢路は戦慄《せんりつ》をみなぎらせてじっと何かを待った。言い知れぬ不安が突き上げてきて、このまま宿を出たいような衝動に駆られる。

その時、静かに階段を上がって来る足音が聞こえた。

夢路は行燈を吹き消してすばやく立ち、戸口の横に身を隠して阿蘭陀針《オランダばり》を握りしめた。

入って来たのは千代吉だった。

その喉頸《のどくび》にすかさず阿蘭陀針が押し当てられる。

千代吉が息を呑み、動きを止めた。

「何者だい」

「ま、待って下さい、部屋を間違えたみてえで」

「見え透《す》いた科白《せりふ》をぬかすんじゃないよ。あんたが古唐子屋抱えの殺し屋だってことお見通しなんだ」

「落ち着いて下さい、古唐子屋の者であることは確かですけど、殺し屋だなんて」

夢路は千代吉を組み伏せ、屈伏させ、尚《なお》も首に針を押しつけて、

「あんたからはいろいろと聞かせて貰わなくちゃならない。九頭龍のことさ。一味がどういう仕組みになってるのか、そっからまず聞こうか」

「知りませんよ、そんなこと。宿の人を呼びますよ」

「しらを切るんならもうちょっとましな言い訳をおし。だったら古唐子屋の手代が何しにここへ来たんだい」

「それは今、説明を」

束《つか》の間《ま》の隙《すき》を衝き、千代吉が夢路に飛びかかった。腕を伸ばして針を握った手を遠くへやり、力任せに夢路を押し倒す。そのまま馬乗りになり、ふところから匕首を抜いて振り被《かぶ》った。

だが夢路が躱《かわ》して身をよじり、下から千代吉の股間《こかん》を蹴《け》り上げた。不意をくらった千代吉が座敷の隅《すみ》へ吹っ飛ぶ。今度は夢路が馬乗りになった。

「針で両目を突いてやろうか」

「よせ、やめろ」

「だったら洗い淩《ざら》い喋んな。芝口屋は九頭龍とどんな関わりなんだい。万二郎が頭なのかい」

隣室の唐紙がパッと開けられ、左内が入って来た。

左内を見て夢路は驚き、狼狽《ろうばい》する。

「そんな小物は放っとけ。宿の周りはうじゃうじゃと取り囲まれてるぞ」

「旦那、なんだってここへ」

「説明は後だ。まずはこっから逃げるのが先だろうが」

左内が夢路の手を強引に引いて立たせ、ダッと千代吉を蹴りのけておき、

「行くぞ」

戸惑《とまど》いで突っ立つ夢路にうながした。

階段を降りて来て、勝手口は夢路が教え、左内がその後につづく。宿の者には一人も会わなかった。台所も無人で、そこを抜け、勝手戸を開けて夢路が顔を覗かせ、暗黒の左右を見廻し、振り返って左内にうなずいた。

左内と夢路が同時にふところにしまった履物《はきもの》を取り出し、土間に放って履《は》いた。二人は無言で視線を合わせる。やることがおなじなので苦笑を禁じ得ない。

寒風吹き荒《すさ》ぶ表へ、二人揃《そろ》って出た。人影はない。

左内が一方へ見当をつけて先に立ち、夢路がしたがった。

不意に、目の前に刺客《しかく》の三人が現れた。いずれも無宿風の男たちだ。すでに抜き身の長脇差《ながどす》を握りしめている。

左内がものも言わずに抜刀し、突進した。血汐《ちしお》が板壁に飛び散った。無宿たちは声も出さずに斬り伏せられる。

「走るぞ」

左内が言って走りだし、夢路が油断なくつきしたがった。さらに路地の横合いから刺客が二人、襲って来た。目を刺され、首を突かれ、二人が血に染まって仆れた。

夢路が阿蘭陀針に付着した血を払い、左内と鋭く見交わした。

「その姿、坊太郎にゃ見せられねえな」

「どうか、ご勘弁を」

左内が鼻先で吹いた。

二人してまた走った。その足が止まった。

芝口屋万二郎が立ち塞《ふさ》がっていた。刺客の五人が警護している。

「何もんだ、ありゃ」

左内が小声で問い、夢路が答える。

「芝口屋の万二郎ですよ。紅葉屋で死んだのは替え玉だったんです」

「なんだと、そんなことありかよ」

「今宵がおめえの命日だぜ」

万二郎が夢路を見据えて言い放ち、五人が殺到して来た。

左内が刀を閃《ひらめ》かせ、夢路は針を帯の間にしまい込み、匕首を抜いて応戦する。闘いの火蓋が切られた。無数の足が入り乱れて殺意が爆発する。刃《やいば》と刃が烈《はげ》しい音を立ててぶつかり、刺客たちの怒声と呻《うめ》き声が上がった。三人が夢路に斬り裂かれた。

左内は万二郎と対峙《たいじ》していた。

「てめえ、死んだはずの身でよく面《つら》を出せたもんだな。明日から二度と表通りは歩けねえぞ」

「ほざくな、くそ役人。てめえなんざ怖《こわ》くもなんともねえや。手え出せるんならやってみろ」

「土竜《もぐら》はな、暗え穴んなかに潜《もぐ》ってりゃいいんだ」

左内が豪胆に斬りつけ、万二郎が脇差で反撃した。二人の白刃が空を切って激突し、火花を散らせた。万二郎が左内の襲撃を逃げて飛び下がった。同時に刺客の二人が左内に体当たりをしてきた。左内の刀が一瞬で二人を屠《ほふ》った。

その時には万二郎の姿は消えていた。

左内が黙ったまま、夢路をうながした。

十

風が出てきて、少し開いていた油障子をガタピシ揺らせた。

厨で酒の支度をしていた店の婆《ばあ》さんが慌てたように出て来て、油障子を固く閉め切り、また厨へ戻って行った。

やがて酒の支度が調《ととの》い、婆さんは奥の小上がりへ運んで行く。

そこには左内と夢路が、向き合って座していた。

本八丁堀《ほんはっちょうぼり》五丁目の稲荷橋《いなりばし》の袂にぽつんとある居酒屋『たぬき』で、左内が隠れ宿のようにして利用している店だ。いつも他に客のいたのを見たことがなく、店主の婆さんも左内などに関心を示さず、酒を出すと料理場の腰掛けに座って居眠りを始める。そういう婆さんの無頓着《むとんちゃく》ぶりが、左内の気に入ったところだった。

左内と夢路は静かに酒を酌《く》み交《か》わす。

「不思議な女だな、おめえさんは」

「どこが」

目許を和《な》ませて夢路が聞いた。

「だって殺し屋だろ、それがよくへっちゃらで同心のおれと酒が飲めるじゃねえか。こわかねえのかい」

夢路はくすっと笑って、

「こわくなんかありませんよ、旦那に限っては。だって坊太郎ちゃんのお父上ですしね」

「今ここで伜の名めえを出すなよ。おめえさんをふん縛ろうとしている気持ちが挫《くじ》けちまうじゃねえか」

「おや、このあたしをふん縛ろうってんですか」

「そりゃまあ、一応は縛らねえことにゃしょうがあるめえ。目こぼしはしねえのがおれの流儀よ」

「縛られたらあたしは年貢を納めなくっちゃいけませんね」

「死にたくねえってか」

「死にたい人なんていやしませんよ」

「そんだけのことをしたんじゃねえか」

「罪のない人は手に掛けてません」

「おんなじこった」

左内が夢路に酌《しゃく》をしてやり、

「よく考えると、おれの手でおめえさんをふん縛って突き出すってのがつれえとこだな」

「じゃやめたらいいんです」

「そうはいかねえやな」

夢路が下を向いて笑った。

「やい、何がおかしい」

「わかってますよ、旦那の方にあたしを縛る気はないんです。だからこの女をどうしようかと、思案にあぐねている」

「いっそ江戸からいなくなったらどうだ、おめえさん。そうしてくれると助かるんだがなあ」

「へえ、いつかは。でも今はいけません」

「九頭龍を追いかけてえのか」

夢路がうなずき、

「一味をぶっ壊してやりたいんです」

「どうしてだ」

「世のため人のためですよ」

「ふざけるな」

「殺し屋をやって七年になります」

「なんでそうなった」

「いろいろとわけはありますよ、でもそれを今ここで言うつもりはありません。つまりそのう、九頭龍は宿敵みたいなものなんです」

「おめえさん、妙な殺しの道具を持ってるよな」

「これですか」

夢路が帯の間から阿蘭陀針を取り出し、左内に見せる。

左内はそれを手にして見入り、

「でけえ針だな、こんなのは見たことがねえぜ」

「阿蘭陀針っていうんです」

夢路が針を取り戻して言う。

「阿蘭陀に縁でもあるってか、おめえさん」

夢路は黙って酒を飲む。

「言いたくねえか」

「あたしの父親は長崎出島《ながさきでじま》で通詞《つうじ》をしてましたのさ」

「そいつぁ珍しいな、通詞の娘と知り合ったな初めてだ。で、それがどうした、なんで殺し屋になった」

「身の上話をする気はありませんね」

夢路が撥《は》ねつけた。

「はン、そうきたか。ならいいぜ、無理にとは言わねえ」

「旦那こそ、なんだって役人のお面を被って人殺しをしてるんですか。坊太郎ちゃんの話だとふだんは昼行燈て呼ばれてるとか。それって、世をたばかってませんか」

「まっ、そういうこったな」

「だから、なんのために」

「世のため人のためよ」

　夢路の受け売りを言った。

「笑うとこなんですか、ここは」

「おれは金を貰っちゃいねえ。おのれの判断で悪党の息の根を止めてるんだ。間違ったことをしてるとは思ってねえぜ。悪事を働きながら、うめえことやって罰《ばっ》を逃れてる奴がどれだけいるかわかるか。我慢できねえのさ、そういうの」

「あたしもですよ」

「なんだと」

「あたしだって間違った人殺しはしてないつもりです。旦那とあたしの違いってなんでしょう。やってることは紙一重《かみひとえ》ですよね」

「そいつぁちょいと無理があるんじゃねえのか」

「いいえ、あたしは自分を信じてるんです」

　酒がなくなったので、夢路は席を立ち、

「まだ話は終わっちゃいませんからね、そこで待ってて下さい」

婆さんのいる方へ去った。

左内は所在なげに残り酒を飲み、夢路がなかなか戻って来ないので不審に思い、店の方を覗いた。

「よっ、おれの連れはどうした」

婆さんが寄って来て言った。

「へえ、たった今お帰りんなりましたけど」

「あん？」

「旦那さんによろしくと」

「くそっ、逃げやがったな」

左内が草履《ぞうり》を突っかけて土間へ下り、油障子を開けて表を見廻した。夜風が吹きつけてきた。

夢路の姿はどこにもなかった。

裏切られた気がして、左内は仏頂面《ぶっちょうづら》で元の小上がりへ戻り、油断していたおのれの浅はかさに溜息《ためいき》をついた。

すると隣りの小上がりで人の気配がした。

それまで誰もいないと思っていたから、左内は少なからず狼狽し、壁ひとつ向こうに首を廻した。

男が背中を見せて独《ひと》りで酒を飲んでいた。

「逃げられちまったみてえだな」

そう言う男が皮肉な笑みを湛《たた》えてこっちを見やった。

「てめえ、いつからそこに」

「独りでやってたら、そっちの話し声がひそひそと聞こえてきたのよ。ふふふ、あっさり逃げられるとは、昼行燈の名に恥じねえ間抜けぶりじゃねえか」

左内がカリカリとなって、

「ああ、そうともよ、おれぁ間抜けな昼行燈よ」

男の席へ移り、そこにあった酒をぐびぐびと飲んだ。

「おれぁあの女を知ってるぜ」

「なんだ」

左内がまじまじと男を見た。

男は左内が旧知の、大鴉《おおがらす》の弥蔵《やぞう》という一匹狼《いっぴきおおかみ》の盗っ人《ぬすっと》だった。

第三章　公事師《くじし》登場

一

二年ほど前に、江戸城御金蔵《ごきんぞう》が破られるという大事件があった。その下手人《げしゅにん》とされたのが、江戸の暗黒街に名を馳《は》せていた盗《ぬす》っ人《と》の大鴉《おおがらす》の弥蔵《やぞう》だった。

南北両町奉行所は躍起《やっき》になって弥蔵の行方《ゆくえ》を追ったが、しかしこれはまったくの濡《ぬ》れ衣《ぎぬ》であった。本当の下手人は別にいて、弥蔵に罪を被《かぶ》せたのだ。その下手人はお先手鉄砲頭《さきてつぽうがしら》の蜷川将監《にながわしょうげん》という大身旗本であった。

布引左内《ぬのびきさない》は事件探索の途次に弥蔵を知り、真相がわかって二人は意気投合《いきとうごう》した。心に闇《やみ》を棲《す》まわせて生きる者同士、共鳴するものがあったのだ。揚句《あげく》は共に蜷川の屋敷に乗り込み、天誅《てんちゅう》を下した。

以来、二人は秘密を共有し、つかず離れずの関係をつづけている。

「おめえがどうして夢路《ゆめじ》を知ってるんだ」

弥蔵の酒を勝手に飲みながら、左内が言った。

店内はしんとして、婆《ばあ》さんは向こうの腰掛けで居眠りをしていた。

「夢路ってのか、あの女」

「ああ」

「名めえまでは知らねえが、一年ぐれえめえかな、おれが盗みにへえったある屋敷にあの女が忍び込んで来た。こっちが隠れて息を殺していると、当主があの女にひっそりと、物音ひとつ立てねえで息の根を止められた。その恐れ入った手並に、おれぁ何もすることができなかった。そいつぁ見事だったんだ」

弥蔵が語る。

弥蔵は躰《からだ》が大きく、三十半《なか》ばで色浅黒く、苦み走った面構《つらがま》えをしている。

「その殺されたないってえ誰だ」

「三河町《みかわちょう》の医師関口玄徳《せきぐちげんとく》、金持ちしか診《み》ねえ業突張《ごうつくば》りよ。目の前で死にかけていても、金がなきゃあっさり見捨てる人でなしだから、どれだけ怨《うら》みを買ってるかわかりゃしねえ」

「その時夢路とは顔を合わせたのか」

「いいや、向こうは気づかなかった。おれぁどんな女かと思って後をつけたぜ」

「ヤサを突きとめたのか」

「新浜町界隈《しんはまちょうかいわい》の仕舞屋《しもたや》だった」

「もうそこにゃいねえよ」

「旦那《だんな》はどこまであの女と関《かか》わってるんだ」

左内は口を濁《にご》して、

「ま、まあ、その辺はよ、ちょっとばかり勘弁してくれ。こっちにもいろいろとおめえに言えねえこともあらあな」

坊太郎《ぼうたろう》絡みだとは言えない。

「九頭龍《くずりゅう》が宿敵だって言ってたな、夢路は」

弥蔵の問いに、左内は答える。

「どっかに因縁《いんねん》でもあるんだろうぜ、こちとらにゃ関わりねえな」

「夢路も長くは生きられねえだろ」

「どうしてそう思う」

左内が弥蔵に問うた。

「九頭龍を敵に廻《まわ》して生き残れるはずはねえやな」

不意に左内が黙り込んだ。

「よっ、どうしたい」

「九頭龍のこと、おめえはどれくれえ知ってるんだ」

「それほど詳しくはねえぜ。殺し屋と盗っ人じゃ畑違えだ」

「芝口屋《しばぐちや》ってのはどうだ」

「通一丁目《とおりいっちょうめ》の醤油《しょうゆ》酢問屋《すどんや》だ」

「裏があるはずだ」

「あるよ、けど底知れねえな」

「底知れねえだと？」

「ああ」

「じゃおめえの知ってることだけでいい」

弥蔵が一滴もなくなった徳利《とっくり》をこれ見よがしに振った。左内はそれを見て舌打ちし、土間を下りて、寝ている婆さんを通り越して厨《くりや》へ行き、酒を調達してきた。

礼も言わずに弥蔵はその酒を飲み、

「じゃ教えてつかわそう」

「気取るんじゃねえ」

「芝口屋にゃ双子の倅《せがれ》がいる」

双子と聞いて、左内が目を剝《む》く。

「なんだと？　知らなかったぜ、そいつぁ」

「兄は伊助《いすけ》、弟は万二郎《まんじろう》、兄はくそがつくほど堅え男で、それが商《あき》ねえの実権を握っている。ところが弟の方は、身を持ち崩して無頼《ぶらい》に生きてるんだ」

「父親はどうした」

「芝口屋の福助《ふくすけ》は躰を壊して寝たり起きたりよ。それで伊助が一切合財《いっさいがっさい》を仕切ってらあ、表向きはな。家ンなかのことはわからねえがよ」

「ここへ来る途中、刺客《しかく》どもを引き連れた万二郎に襲われたぜ。同心とわかっていながらへっちゃらで殺そうとしやがった」

「格別驚くような話じゃねえ、万二郎は殺し屋連中ともつながってっからな。てえか、そいつらだけじゃなく、奴《やつ》は江戸の裏渡世《うらとせい》に深く関わってるようなことも聞いたことがあるぜ」

「そ、それじゃおめえ、万二郎が九頭龍だってのか」

「そこまではなんとも言えねえ」

「しかも万二郎はおのれの替え玉まで仕立てていた。何も知らねえでそいつを仕留めたのが夢路なんだ。だから夢路は奴らから狙《ねら》われる羽目《はめ》ンなった」

「なるほど、そういうことかい。万二郎ならさもありなんだ。身代りに死んでくれた替え玉の、仕返しかも知れねえ」

「もっとほかに知ってるネタはねえか」

「あらかたのことは喋《しゃべ》ったぜ」

「なんかあるだろ」

「あのな、旦那よ、なんでもかんでもおれに聞きゃいいってもんじゃねえぞ。あんまり人を頼らねえで自分で調べたらどうなんでえ」

「まああ、そう邪険《じゃけん》にするなよ、おれとおめえの仲じゃねえか」

「はン、都合のいいことぬかすな」

「いずれにしても、九頭龍みてえな奴らをのさばらしといちゃいけねえよな。話を聞いてるだけで虫酸《むしず》が走るぜ」

「だったら、夢路に助っ人してやったらどうだ」

「おめえに言われて、へえそうですねとおれがしたがうと思うか」

「旦那の心はもう決まってんじゃねえのか」

「そりゃどういうこった」

「犯科人《はんかにん》なのによ、夢路にゃやけに気遣いしてやさしいじゃねえか。どうかと思うぜ。

おれにもそうして貰《もら》いてえな」

「そうしてるつもりだぜ」

「こんなんじゃまだまだ足りねえよ」

「ヘン、おきやがれ」

二

八丁堀岡崎町《はっちょうぼりおかざきちょう》の組屋敷へ戻ると、煌々《こうこう》と明りが灯《とも》っていた。

田鶴《たづ》がまた坊太郎を叱《しか》っているのかと、左内は心配な思いで上がって行くと、二人の楽しげな笑い声が聞こえてきた。久々に耳にする団欒《だんらん》である。

「どうしましたか」

左内が坊太郎の部屋へ入って行くと、向き合って話していた田鶴と坊太郎が笑顔を見せた。口々に「お帰りなさい」と言う。

「おかしいのですよ、坊太郎ったら」

田鶴が怺《こら》えきれずにまた笑い、

「あろうことか、坊太郎はわたくしと旦那様の馴《な》れ初《そ》めが聞きたいと申すのです」

「はあ、馴れ初めですか」

左内は戸惑《とまど》うばかりだ。

「して、話したのですか」

「子にせがまれては隠すわけにも参りますまい。十年以上前のお話を、昨日のことのように語って聞かせましたの」

「えっと、どんなことでしたかな」

すっかり失念していた。

「お忘れでございますか」

田鶴に見られ、左内は目を慌てさせる。

「あ、いやいや、勿論《もちろん》忘れるはずはありません。わたしの方も昨日のことのように」

頻《しき》りに思い出そうとする。

「母上、きっと父上はお忘れなのですよ」

「そうなのですか、旦那様。馴れ初めは大事なことではございませぬか」

「ちょっとだけ、きっかけを」

「ンまあ、やはりお忘れに」

「やーいやーい、父上の忘れん坊」

坊太郎がふざけて囃《はや》し立てる。

「これ、坊太郎、わたしに火の粉を降りかけるでない」

困る左内を、坊太郎は笑って喜んでいる。

「十年以上も前のことです。同心方の妻女や娘御ばかりで薙刀《なぎなた》の稽古《けいこ》試合が行われ、わたくしが師範《しはん》を務めたのです」

左内がポンと膝《ひざ》を打ち、

「ああ、はいはい、よく憶《おぼ》えておりますよ。暇だったのでご同役方を誘い、わたしも見に行ったのですな。その時、ある試合の勝敗についてわたしが余計な口出しを致し、田鶴殿に叱られました」

「その通りです。あれは娘御の勝ちだったのです」

「いいえ、ご妻女の方が一手早かったと思うのですが」

「この期《ご》に及んでまだそのようなことを。勝敗は師範のわたくしが決めることなのです」

「は、はあ、まあ……」

「ともかく、それからでございましたわね。旦那様がわたくしを訪ねて参られ、茶など進ぜたいと申されまして」

「はい、まさに昨日のことのように」

すっかり思い出して安堵《あんど》する。

「父上は母上にひと目惚《めぼ》れをしたのですか」

「まっ、そういうことになるな」

左内は照れ臭そうに首筋を掻《か》く。

「ほかに好きな人はいなかったのですか」

さらに坊太郎が追及する。

「どうだったかなあ」

その頃《ころ》の何人かの女の顔が浮かぶも、ここで開帳するわけにはゆかない。

「おられたのですか、旦那様」

「いや、その、さっぱり憶えが……」

都合が悪くなり、左内は誤魔化《ごまか》し笑いで、

「まっ、よろしいではござらんか。過ぎた昔の話ですよ」

「そうですわね。坊太郎、今日はまだ湯浴《ゆあ》みをしておりませんよ。行ってお出《い》でなさい」

「はい」

坊太郎が内湯に入りに行った。

「坊太郎とは仲直りをしたようですな」

「ええ、一応は。けれどあの子は肝心《かんじん》の話を致しませぬ。わたくしがその件を持ち出すと逃げを打つのです」

「ははあ、それで馴れ初めなどと」

「なんぞ聞いておりませぬか」

「龍宮城《りゅうぐうじょう》の話ですな」

「まだ乙姫様《おとひめさま》がいるようなことを申します」

「存外いるのかも知れませんぞ」

夢路の顔を瞼《まぶた》に浮かべながら言った。

「まっ、旦那様まで」

「どうですか、たまには一献《いっこん》。坊太郎が寝た後で」

「あ、いえ、それは……」

「ひそかに蝮酒《まむしざけ》が買ってあるのですよ」

「まっ、いけませんわ、困ります、旦那様」

「何が困るのですか」

恥じらう田鶴の手を取り、左内はにっこり笑った。殺伐《さつばつ》とした同心の日常のなかで、一家の団欒が戻ったことは何より嬉《うれ》しかった。

三

翌日、大伝馬塩町《おおでんましおちょう》の古唐子屋《こがらしや》に北町奉行所の手が入った。定廻《じょうまわ》り同心田鎖猪之助《たぐさりいのすけ》、弓削金吾《ゆげきんご》の二人が先頭に立ち、二十人余の捕吏《ほり》の一団と共に店に雪崩《なだ》れ込んだ。

それには前段があって、朝のうちに吟味方与力《ぎんみかたよりき》巨勢掃部介《こせかもんのすけ》の許《もと》へ一通の文が届いた。古唐子屋が人殺しを請負《うけお》っているとの密告で、巨勢は半信半疑ながらも捨ておくわけにもゆかず、田鎖と弓削に探索を命じた。

急襲の末、主今右衛門《あるじいまえもん》、番頭権松《ごんまつ》は捕縛《ほばく》されたが、手代千代吉《ちよきち》、女中お染《そめ》、お国《くに》は逃げた後であった。

野次馬が大騒ぎをして見守るなか、今右衛門と権松は縄を打たれてしょっ引かれて行った。

それを人垣から見届けておき、左内はこっそりと身をひるがえした。密告文は左内がお雀《すず》に書かせたもので、九頭龍一味へ一矢《いっし》報《むく》いたつもりだった。

踏み込むだけなら左内一人で充分だが、役人の手が大挙して入ったという事実が必要だった。それによって一味に揺さぶりがかけられ、汐《しお》の目が変わることが狙いだ。このことは一味の誰《だれ》かがかならずどこかで見ているはずなのだ。

路地を入って行くと、折悪しく雨が降ってきたので、左内は町家の軒下に入った。

その町家は無人らしく、人の気配はなかった。

すると近くに気配がし、夢路の声がした。

「旦那、よくぞおやんなさいました」

密告文は左内の仕業《しわざ》と見破っていた。

左内がハッとなって見廻すも、どこにも夢路の姿はない。間近に潜《ひそ》んで話しかけているのだ。

「なんだよ、おめえさん。昨晩は煙みてえにいなくなっちまって。消える時はそれなりに挨拶《あいさつ》をしてけってんだ」

「御免《ごめん》なさい、ついつい逃げる癖《くせ》がついてるものですから」

夢路が言い訳めいたことを言う。なぜ急に消えたのかの説明はない。もっともあの場に居合わせると、弥蔵と絡むことになるから話はややこしくなる。

左内もあえてそれ以上は追及せず、また夢路がどこから話しているのか、探すのもやめにして、

「古唐子屋は九頭龍一味の分け店《わだな》みたいなもんだった。あそこで殺しの頼みを受け付けていたが、それだけじゃなく、現に若え手代がおめえさんを狙ってきやがった。店の奴らもみんな殺し屋だ。そういうこったな」

「へえ、仰《おお》せの通りで」

「だったら殺しを頼む時の符牒《ふちょう》みてえなものがあるはずだろ。それを教えといてくれよ」

夢路はひと呼吸入れて、

「頼む方が、わしの思いは富士《ふじ》の白雪《しらゆき》、と言いますと、相手方が積もるばかりで溶《と》けやせぬ、と答えます」

「なんでえ、そりゃ」

「変ですよねえ」

「どこから仕入れた」

「蟻平《ありへい》と言って、表向きは鋳掛屋《いかけや》なんですけど、裏で殺しのつなぎ役をやっている男がいたんです。もっとも去年に死んでますが」

左内が黙り込んだ。

「どうしました、布引様」

「知ってるよ、その男。おれが手に掛けたんだ」

「ええっ」

「裏の生業がバレそうになって、おれに歯向かってきやがった。捕めえてちょいといたぶっていたら、隙《すき》を見てまた牙《きば》を剝きやがってな、やむなくバッサリと」

「そうだったんですか。じゃ旦那も奴らに怨《うら》まれてますね」

「かも知れねえ」

左内は鬱陶《うっとう》しく雨脚を見やりながら、

「おめえさん、これからどうするつもりだ」

「旦那の方こそどうなさるんですか」

「わかってんだろ、そんなこた」

「だったら聞くだけ野暮《やぼ》ってもんです。あたしと組むわけにもゆかないでしょうから、別々にやりますか」

「何をやるってんだ」

「惚《とぼ》けないで下さい。旦那の狙いは芝口屋万二郎でしょ。あたしも目指す風向きはおんなじなんです」

「ふむ、まぁ、それならそれで……けどよ、やめた方がよかねえか。坊太郎が悲しむぜ」

「どうして坊太郎ちゃんが。こんな所で坊太郎ちゃんの名前を出さないで下さいましな」

「おめえさんが死んだなんて、伜に言いたくねえのさ」

「それでもやらなくちゃならないんです」

「仇討《あだうち》か、誰かの」

「お祭しのいいことで」

どうせそのわけは言うまいと踏んで、

「わかった、好きにやりな」

「捕まえないんですね、あたしを」

夢路の声には微《かす》かに揶揄《やゆ》の笑みが含まれている。

「おれにその気がねえことはわかってるくせしやがって。うまく泳ぎな。くれぐれも捕まるんじゃねえぞ」

左内も失笑して、

「はい、お心遣い感謝致します」

空気が動き、夢路の気配が消えた。

雨が上がって、左内はホッとした。

四

今右衛門と権松は、奉行所の仮牢《かりろう》に留《とど》め置かれ、田鎖と弓削による二日ほどぶっつづけの責め苦を受けた。

人殺しの請負をしている、という密告文だけでしょっ引かれたのだから、確たる証拠は何もなく、責める側もどこか及び腰であることは否めなかった。

それだけに今右衛門たちは、どんな訊問《じんもん》にも知らぬ存ぜぬを貫き通し、屈伏《くっぷく》しないのである。

「あたくしどもは取るに足りない古道具屋でございます。それがなんだって人殺しの仲立ちなんぞを。天の神様に誓《ちか》ってそんなことはしておりません。どうか信じて下さい」

今右衛門が懇願《こんがん》すれば、権松も目に泪《なみだ》さえ滲《にじ》ませ、

「もっとよっくお調べになって下さいまし。うちはいつもいい骨董《こっとう》類を取り揃《そろ》えて、ちゃんとしたお客様もついているれっきとした店なんでございます」

そうした弁明の繰り返しで、田鎖と弓削があの手この手で、脅《おど》したりスカしたりし

てみても二人の返答は変わらず、行き詰まった。

三日目も朝から交互に責めまくったが、事態に変化は表れなかった。

田鎖と弓削は仮牢の穿鑿所《せんさくじょ》から一旦《いったん》引き上げ、いつも食事を摂《と》る板の間で、役所から出された昼飯を早めに食べていると、左内がひょっこりといった風情《ふぜい》で現れた。

「あはは、今日の昼餉《ひるげ》は公魚《わかさぎ》の天麩羅《てんぷら》ときましたか。わたしも後で頂くことに。飯に関しては、南より北の方がうまいと評判なのですよ」

如何《いか》にも暢気《のんき》そうな口調で言い、自分は出涸《でが》らしの茶を淹《い》れて飲み、

「どうですかな、悪党の二人は」

すると田鎖が、彼にしては珍しく弱音を吐いて、

「何を聞いても、知らぬ存ぜぬで言を左右にし、頑《がん》として白状せんのですよ。向こうもしだいにつけ上がってきて、今日などは濡れ衣だ、でっち上げだと喚《わめ》き散らし、それに対してこっちも強く責められずに押され気味なのです。われらより向こうの方が役者が一枚上なのかも知れませんな」

「そんなことはござるまい。落としの田鎖殿の名は鳴り渡っておるのですぞ」

左内が励《はげ》ます。

「いやあ、こたびばかりはお手上げでござるよ」

田鎖に次いで、弓削が困り果てた顔になって、

「決め手がないので、このままでは牢屋敷《ろうやしき》送りにもでき申さん。布引殿、なんぞよい手立てはないものでしょうか」

「はあて、わたくしに申されましても……」

左内も腕組みして思案投げ首となった。

そこへ仮牢の牢番があたふたと駆けつけて来た。

「旦那方、ちょっと来て下さいまし」

「どうした、何かあったのか」

田鎖が聞くと、牢番は答える。

「年寄の今右衛門の方が具合が悪いみてえなんで」

そう言うから、田鎖と弓削は飯もそこそこに板の間を出て仮牢へ向かった。左内もその後について行く。

牢内で今右衛門が横になって唸《うな》っていて、権松が介抱《かいほう》していた。同房の科人《とがにん》たちも寄り集まっている。

「何があった、急な病いか」

弓削の問いかけに、権松は青い顔を向け、

「急に苦しみだして、息ができないと。お役人様方、なんとかしてやって下さいまし」

今右衛門が牢から出され、小部屋へ移されると、やがて牢医師が呼ばれて来た。

牢医の診立《みた》てによると、こうである。

「心の臓が大分弱っているようじゃの。それに長いこと牢に閉じ籠《こ》められておるので、気鬱《きうつ》にも罹《かか》っているようだ。これはちと厄介《やっかい》でござるぞ」

罪科が確定しているのならともかく、まだ取調べの段階で患《わずら》い、今右衛門に万一のことがあれば面倒なことになる。科人に対する責め苦も度を越し、死なれでもしたら世間の非難を浴びるのは必定だ。

とりあえずその日の取調べは中断し、田鎖と弓削は与力部屋へ行き、巨勢の前へ出て状況を説明した。

襖《ふすま》ひとつ向こうに左内が控《ひか》え、息を殺すようにして聞いている。

「巨勢殿、如何《いかが》致しましょうや。今右衛門は確かに年寄であり、大分弱っているようにも見えるのですが」

田鎖が意見を仰《あお》ぐと、巨勢は唸り声を上げて、

「仮病ではないのか。その方ら、どう思う」

田鎖と弓削は不安げに見交《みか》わし、

「いえ、その辺はなんとも……仮病と申されればそう見えぬことも」

弓削が言うと、田鎖の方は判断がつきかねる様子で、

「しかし本当の病いでしたら、ご医師殿の言う通りに大変厄介です。三月前に病気の男の詮議《せんぎ》をつづけて死なれたことがあり、それが外に漏れて役所が大きな非難を浴びました。巨勢殿も頭を抱えたではござりませぬか」

「そこじゃな、事の境目は。もし今右衛門が無実で、病苦に喘《あえ》いでいるのを無視して詮議をつづけ、その揚句に死なれたとなればまたぞろおなじことの繰り返しだ。しかし今右衛門が実は悪党で、これが仮病であったならなんとする」

どっちとも判断がつかず、差し当たってその日の詮議は打ち切りとし、様子を見ることになった。

襖ひとつ向こうの左内も、判断がつきかねていた。

(このまま責めつづけていたら落ちると思ったんだが、どっこいそうはゆかねえか。畜生《ちくしょう》めえ、証拠なんざなくとも、奴らが殺し屋であることは間違いねえのになあ)

ところが事態は、思わぬ方向に転がって行ったのである。

五

江戸の訴訟《そしょう》は一審、すなわち終審で、上訴はまったく認められない。一旦却下《きゃっか》された事件の再訴、再吟味《さいぎんみ》の願いの儀はほとんど受理されない決まりだ。受理されないものを再訴すれば、「筋違いの訴えをなすならば過料《かりょう》」との明文があり、罰さえ科せられる。これではどこに公正な訴訟の余地があるのか。訴訟全般に幾多の矛盾《むじゅん》を孕《はら》んでいて、正当な訴えも頓挫《とんざ》するのは明らかなのだ。つまりは江戸の訴訟制度そのものに、大きな欠陥《けっかん》があるのである。

ところがその制度の不備につけこみ、『公事師《くじし》』または『公事買い』と称する輩《やから》が出現した。

公事師は依頼人の訴訟を引き受け、手続きや要領を伝授する。訴訟に代理人は認められず、代書きさえ禁じられているのだが、ここに抜け穴があり、原告が病気の場合に限り、『付添人《つきそいにん》』を許されていた。

そこで公事師は付添人という名目で役人の前へ出て、お上の詮議に嘴《くちばし》を入れることになる。それが唯一許された道なのだ。役人の方もその辺はわかっているから、苦々しくも受け入れざるを得ない。

そうして原告に知恵を授けて詐病《さびょう》させ、付添人として白洲《しらす》に出廷する。公事師が裁きの庭で快弁をふるうお蔭《かげ》で、頼んだ方に極めて有利に働くことになる。役人と対決し、弁舌巧《たく》みに言い負かすのだ。事件にもよるが、たとえ無実を勝ち取ることは困難としても、刑の軽減に影響ぐらいは与えられる。それをひとつの商売として、御沙汰《ごさた》を有利に導けば公事師は法外な謝礼金にありつける。

仕事そのものは今の弁護士によく似ているが、しかし公事師は決して公認された存在ではないのである。

公事師は馬喰町《ばくろちょう》に多く集まっていて、彼らの家を『公事宿《くじやど》』と呼ぶ。宿といってもふつうの仕舞屋で、看板などあろうはずもなく、商売道具もこれといって必要なものは何もない。舌先三寸、弁舌ひとつで食っているからだ。

そのなかでも小柴弁之助《こしばべんのすけ》はつとに名高く、公事訴訟の依頼は引きも切らない。独《ひと》り身で係累《けいるい》もなく、三十半ばで気ままに暮らしている。小柴姓を名乗っているからには元は武士と思えるが、詳《つまび》らかな素性《すじょう》は明かさない。浪人と思って間違いはないが、身装《みなり》は町人体で、刀剣の類は一切持たない。医者か漢学者のような十徳《じっとく》を着て、髷《まげ》は茶筅髪《ちゃせんがみ》に結《ゆ》い、どこか爺《じじ》むさく、陰気臭い男だ。

その冴《さ》えない男が公事師として仕事を請負うと、別人のように弁舌を弄《ろう》し、役人を打ち負かすから不思議である。

仕事がなければ弁之助はいつも朝が遅いから、その日も冷や飯を漬物だけで食べていた。

そこへ案内も乞《こ》わずに格子戸を開け、芝口屋万二郎が入って来た。

万二郎は今日は濃紫色《こむらさきいろ》の長羽織を着て、脇差《わきざし》を落とし差しにしている。しかし傍若無人《ぶじん》ないつもの姿を押し隠し、おとなしめにしているようだ。

「どなたですか」

弁之助が問うと、万二郎は小さく頭を下げて、「仕事を頼みたい」と言った。

飯を早々に切り上げ、弁之助は奥の間で万二郎と向き合った。

「どんな公事でございますかな」

弁之助が慇懃《いんぎん》な口調で切り出すと、万二郎は何も言わずにふところから袱紗《ふくさ》包《づつ》みを取り出し、それを差しやった。

「五十両だ」

金額を聞いて、弁之助はさすがに息を呑《の》んだ。

「これで二人の男を助けてやって貰いたい」

「二人でございますか」

五十両はべら棒だ。尋常《じんじょう》ならば五両から十両が相場なのだ。

「事の中身をお聞かせ下さいまし」

「二人は人殺しの嫌疑をかけられて捕まっちまった」

「下手人ではないんですね」

「二人とも古道具屋の主と番頭で、人殺しなんぞとは無縁の人たちだ。わたしとはちょっとした縁があってね、どうしても助けてやりたいのさ」

「あ、すみません、おまえさんのお名前を」

「申し遅れた。通一丁目の方に住む福助《ふくすけ》という者だ」

万二郎が偽名を使った。

素性がわかったところで、弁之助はこの人を信用してもいいと思い、二人にかけられた人殺しの嫌疑について聞くことにした。

六

左内は奉行所で巨勢に呼び出され、古唐子屋の二人の詮議に当たれと言われた。

与力部屋には、田鎖と弓削が仏頂面《ぶっちょうづら》で同席している。

「これはどうしたことでございますかな。古唐子屋の件は、ご同役方が詮議に当たっていたのでは」

左内が水を向けても、三人はすぐに答えようとはせず、苦々しい顔を見交わし合っている。

(こいつぁ何か障《さわ》りができたな、でなけりゃおれン所なんぞに言ってくるわけがねえぜ)

内心でそう思っても、昼行燈《ひるあんどん》ゆえに湿気《しつけ》て火のつかない蠟燭《ろうそく》のようにしょぼんとしていなければならない。そうしていると、巨勢がようやく切り出した。

「今右衛門が病気になったのだ」

「はて、なんの病気ですか」

「気鬱の病いを患い、心の臓も悪いらしい。ものも言わず、飯も食わなくなった。医者の話では、放《ほう》っておくとこっちの目を盗み、自害もしかねんそうな」

「それは敵《かな》いませんな、今死なれては詮議が止まってしまいましょう。番頭の権松の方はどうですか」

「その権松がわれらの隙を衝《つ》き、医者に頼み事をしたようなのですよ、布引殿」

田鎖が腹立たしげに言う。

「どんな」

「公事師の小柴弁之助に渡りをつけたのだ」

これは巨勢だ。

「弁之助と申せば、名うての公事師ですな」

左内がやや構えたようにして言う。小柴弁之助の名は知っていた。

「左様、早速詮議の場に乗り込んで参り、不当な取調べはやめて頂きたいと、やんわりとねじ込んできおった」

巨勢が吐き捨てるように言い、

「どうだ、布引、弁之助をやり込めてくれんか」

「はあ、しかしわたくしは弁舌の方はちと……口下手《くちべた》な方でして」

一応は難色を示した。

「そんなことはありませんぞ、布引殿。貴殿はいつもおっとりとしているようでいて、ここ一番という時に、筋の通ったもの言いをなされるではござらんか」

弓削が言い、田鎖もここを先途《せんど》と、

「布引殿はわれらと違い、同心として豊かな経験をお持ちです。公事師如《ごと》きは難なく打ち負かせるものと」

左内が困惑の表情を見せた。いつも昼行燈と小馬鹿にしていると思ったが、二人はどこかで見るべきところは見ているのだ。油断がならんなと、左内は内心で戒《いまし》めた。

巨勢が説得する。

「公事の不備につけ込みし奴らはまったくもって慮外《りよがい》であるが、幾つもの前例がそれを許してしまっている。科人が病気である限り、付添人の排除は今さら叶《かな》わぬ」

「はっ」

「布引よ、北町の面目《めんぼく》にかけて打ち負かしてくれい」

七

小柴弁之助との対面は、北町奉行所の一室で執《と》り行われた。

通常ならば詮議所や白洲などで行うが、巨勢の判断でそれは避けた。今右衛門と権松を仮牢から縄付きで出牢させ、付添人の弁之助を立ち会わせた上で、左内は巨勢の意を汲《く》んで詮議を始めた。

田鎖と弓削が介添者の立場で座していて、左内は彼らの同席を婉曲《えんきよく》に拒《こば》んだのだが、巨勢はそれを聞き容《い》れなかった。田鎖らの面目を思いやってのことと察せられた。

朝から寒い日で、火鉢の炭火が赤々と燃えている。

左内はまず調書《しらべが》きに目を落としながら、

「古唐子屋はいつからの商いかな」

二人のどちらにともなく聞いた。

今右衛門は権松と見交わし、

「さ、さ、三年前のことです。大伝馬塩町に空店《あきだな》を見つけまして、即金で買いました」

喘《あえ》ぐようにして答えた。気息奄々《きそくえんえん》といった風情で、今右衛門は如何にも病人らしく見える。そばで弁之助が背中をさすっている。

それが仮病と踏んでいるから、左内にとっては噴飯《ふんぱん》ものであり、茶番としか思えない。

だが今右衛門と権松の方にすれば、仲間の蟻平を斬り殺したのが左内とわかっているから、二人とも胸の奥底に遺恨《いこん》を持っている。

「店の値は」

左内が尋《たず》ね、今右衛門が答える。

「二十五両でございます」

「その金はどこから」

「以前は柳原土手《やなぎわらどて》で、青空の下で古道具を商っておりましたが、こつこつと貯《た》めた金で店を買い取りました」

「役人が人殺しの嫌疑を持って店に踏み込んだ時、ほかの奉公人は逃げ散ったようだが」

権松が失笑して、

「逃げ散ったわけではございません。その前に暇を取らせたんです。近頃商いが思わしくなくて、店を閉じようかと思っていたところでございますよ」

「はて、そうかな」

左内の妙な言い草に、二人は落ち着かなくなる。

「わたしの方の調べでは商いは順調で、好事家《こうずか》たちの来店が引きも切らないと聞いたが」

左内がいつそんなことを調べたのか、田鎖と弓削《げ》が解せない顔で見交わす。

今右衛門が破顔して、

「外からはわからずとも商いにはいろいろと裏がありましてな、内実は火の車なのです」

左内はそれには応《こた》えず、

「その方ら二人は無宿であるな」

「左様でございます。わたくしも権松も仮人別《かりにんべつ》の身なのです。と申して、犯科人ではございません」

江戸で表商いに従事し、生活する者はほとんどが人別帳に記載されている。所帯を持って町役人《ちょうやくにん》、名主《なぬし》に届け出れば記載は済む。それだけのことだが、しかしこれを怠《おこた》って届けを出さなければ、いつまで経《た》っても無宿のままで不利なのだ。まっとうに江戸で生きて行くつもりならば、手続きを面倒がっては戸籍は取得できない。そうしないで暮らしていると、宿無し、犯科人と疑られても仕方がないのである。

今右衛門が仮人別と言うからには、名主の所を潜《くぐ》り抜けてはいるのだ。

「まっ、その方らがいくら犯科人ではないと言っても、調べればいずれわかることだが」

すると弁之助が初めて口を開き、左内に横槍《よこやり》を入れた。

「あ、いや、お待ち下され。その申されようはちと差し障りがございますぞ」

左内がじろりと弁之助を見た。

静かな火花が散った。

「どんな障りかな」

「ご貴殿はこのお二人を天から犯科人と決めつけておられる。古道具屋のまっとうな商いをしていたのに、ある日突然人殺しにでっち上げられ、大変な迷惑を蒙《こうむ》っているのです。もし叶《かな》うことなら、一日も早くこのお二人を放免して頂きたい」

「二人を放免することは思案の外だが」

「では お牢に留め置くだけの証拠はおありなのですか」

左内が黙り込んだ。

「さあ、如何に。証拠をお見せ頂きたい」

「……」

「今右衛門殿も権松殿も罪は認めておりません。なのに長々とお牢に留め置いて、ありもせぬ嫌疑をでっち上げようとしておられる。これは問題ですな。徒《いたずら》に罪人を作り出そうとしているとしか思えませんぞ」

「そこ元を雇ったのは誰なのだ」

不意に左内が切り返した。

「はっ？」

「雇い主は誰かと聞いている」

「それは……」

弁之助が言葉に詰まった。

「今右衛門が病気になったことを、どこの誰から聞いたのだ。そこをはっきりさせて貰おうではないか」

「申し上げる必要はありません」

「なぜだ」

「これはわたしども公事師が生業をする上での秘密でして、言わなくともよいことになっております」

そう聞き、左内が田鎖と弓削に目で問いかけた。

「ま、まあ、その辺は……確かにそういう前例はあるのですよ、布引殿」

田鎖がたどたどしい口調で答える。

「しかし前例があるからと言って、こっちもすんなり引き下がるわけにも参りませんぞ」

左内が食い下がると、弁之助は冷やかな視線を流し、

「今日はここを出ましたら、年番方《ねんばんかた》与力様の所へ参り、これまでの顚末《てんまつ》を包み隠さずに語った上で、事の正否をお決め頂こうかと」

年番方与力は奉行に次ぐ権限を持ち、奉行所内でも高位に位置する役職だ。与力三

人に同心六人、書物方《かきものかた》三人という組み合わせで、役所のすべての事案を統括《とうかつ》している。

（くそったれえ）

左内は腹の内で毒づいた。

そんな所へ話を持っていかれては、こっちは益々《ますます》不利になり、詮議の弱点を露呈《ろてい》する結果となる。立場が上の年番方与力に、巨勢が叱責《しっせき》され、歯止めをかけられるは必至だ。

今右衛門の仮病は公事師弁之助に頼む前からだから、弁之助の存在が念頭にあり、それで病気を装《よそお》ったものに違いない。今右衛門も助かりたい一心であったことがわかる。

（負けだな、こいつぁ）

弁之助との対決を中断し、左内は田鎖と弓削を別室へ誘い、そこで深々と頭を下げた。

「力及ばずで申し訳ござらん。差し当たって今右衛門と権松の両人は放免するしか手はござるまい。何せれっきとした証拠がないのですからな」

状況がわかっているから、田鎖も弓削も忸怩《じくじ》たる思いでうなずいた。

そもそも事の発端《ほったん》は、お雀に密告文を書かせ、古唐子屋を揺さぶったつもりの左内の勇《いさ》み足《あし》だったのだ。

（このままじゃ済まねえぞ、いつかきっと煮え湯を呑ませてやっからな）

毒づいてばかりのおのれにも、左内は嫌気がさしていた。

八

深川《ふかがわ》でも一流の料理屋へ、弁之助は福助こと万二郎に招かれた。

弁之助はいつもの十徳の上に、派手《はで》めな羽織を着ている。それが陰気臭いこの男には、どうにもそぐわない。

万二郎に酒肴《しゅこう》を勧《すす》められるうち、仲居が来客を告げに来て、やはり羽織を着て衣服を改めた今右衛門と権松が入って来た。

万二郎が歓待する。

「小柴様、こたびはお蔭様で天下晴れて濡れ衣が晴れました。おまえさんの腕前を間近で見て、恐れ入るばかりでございましたよ」

今右衛門が手を突いて謝礼を述べれば、権松も武骨ながら弁之助に酌《しゃく》をして、

「ほかの公事師は小柴様に比べたらほとんど能無しの役立たずなんでしょうな。いやあ、おまえさんは大した御方《おかた》だ」

褒《ほ》めそやされ、弁之助は顔を赤くして、

「最初はどうなることかと思いましたが、精一杯やっているうちに自信が湧《わ》いてきたんです。それもお二人が無実だからですよ」

言っていることとは裏腹に、弁之助の本音は違っていた。今右衛門と権松に疑念を抱いているのだ。

「なるほど、公事師の仕事というのはまず相手の無実を信じることなんですね」

権松が感心の声で言う。

「そりゃそうですよ。初めにお二人を見たとたんに、これは無実だとわかりました。だから闘ったのです」

腹のなかで赤い舌を出しながら言った。

万二郎が二人と含みのある視線を交わし、

「小柴様、今後のことなんですが」

「えっ、今後ですか」

弁之助が目を慌てさせる。

「わたしども後ろ楯《うしろだて》になって貰えませんかね。何か悶着《もんちゃく》が起きた時、おまえさんが出て来て事を収めてくれると有難《ありがた》いんだが」

「それは構いません、願ってもないことですよ。けどそんなにしょっちゅう悶着が起きるんですか」

「転ばぬ先の杖《つえ》ですよ」

万二郎が財布から小判二枚を取り出し、すばやく弁之助につかませて、

「持ちつ持たれつ、これからもよろしくお願いします」

「はっ、わかりました」

それで弁之助は帰って行き、三人はどっかとあぐらをかいて酒を飲みだした。

「若旦那、弁之助は信用してもいいのかね」

今右衛門が言うと、万二郎はうなずき、

「奴のことは調べ済みだ。元々浪人の子で、長えこと芽が出なかったが、公事師の仕事を始めてから運が向いてきた。女房子は居たが離別している。お上の人間なんぞとはつながっていない。それだけの男だよ」

「よし、若旦那がそう言うんなら心丈夫でいるぜ」

「今右衛門さん、おれたちゃこれからどうしたらいいんだ」

権松が酒を口に運びながら言い、

「古唐子屋はなくなっちまった。けえる塒《ねぐら》もねえんだぜ」

それを聞いた万二郎が邪悪に笑って、

「このあたしがおまえたちを放っとくわけがないだろう。塒の心配なんかするなよ。ちゃんと用意してあらあ。そこにゃ千代吉たちも待ってるぜ」

権松が安堵《あんど》の笑みになり、今右衛門と見交わした。


今右衛門と権松は料理屋から出て来ると、何やら密談を交わしながら去って行った。

万二郎はまだ残って飲んでいるようだ。

すると物陰で弁之助の黒い影が動き、二人の尾行を開始した。

公事師は頼み人の無実を信じてお上と渡り合うのだが、こたび弁之助は自分を恥じていた。万二郎の差し出した金に目が眩《くら》み、また今右衛門と権松の二人を信じもした。だが布引左内という同心と対決しながら、二人の弁護をするうちに不審を抱くようになった。

(この二人は尋常ではないぞ、堅気《かたぎ》風に作ってはいるがそうではない。裏の裏がある人たちに違いない)

裁きの庭が仕事場なのだから、海千山千の悪党は嫌というほど見てきた。だがそれなりの炯眼《けいがん》は持っているつもりでも、時にこうして騙《だま》されることがある。

（そうはさせるものか）

公事師の名誉にかけて、真実を暴《あば》かねばと思っていた。

九

根岸《ねぎし》の里に安楽寺《あんらくじ》という寺があり、夢路は一人墓前に額《ぬか》ずいていた。墓参りらしい質素な小袖《こそで》に身を包んでいる。

花を手向《たむ》けてとむらい、その表情には無常さえ漂わせ、夢路の胸は悲しみに塞《ふさ》がれている。それは死者への哀切であり、惜別《せきべつ》でもあり、いずれにしても故人の死を悼《いた》んでやまないようだ。

やがてすっくと立ち上がり、手桶《ておけ》を提《さ》げて歩きだした。

とたんに夢路は空の手桶を面上に掲げ、とっさの防御とした。矢継早《やつぎばや》に手裏剣《しゅりけん》が飛来して、桶の一面にトントンと突き立った。

誰何《すいか》もせず、夢路は裾《すそ》をひるがえして猛然と走った。

無数の人影が現れ、追って来る。無宿が十人ほどだ。九頭龍一味が差し向けた刺客である。

墓地を抜け、大銀杏《おおいちょう》の下で夢路は向き直った。抜き身の匕首《あいくち》を逆手《さかて》に握り、険しい目で睨《にら》み廻す。

刺客たちは言葉を発することもなく、牙を剝き、じりじりと迫って来た。黒く日焼けした面つきはまるで獣のようだ。手に手に長脇差や手裏剣などの兇器《きょうき》を握りしめている。

突如、夢路が目にも止まらぬ早業で飛翔《ひしょう》した。刺客の一人が首筋を斬られ、別の刺客は胸を刺され、双方が洪水のように血を噴出させた。一瞬の出来事だ。相手が女とたかを括《くく》っていた刺客たちが度肝《どぎも》を抜かれ、束《つか》の間《ま》たじろいだ。

その間隙《かんげき》を縫《ぬ》って夢路はまた走った。

怒号が追って来る。

獣の群れがたちまち追いつき、夢路を取り囲んだ。

「しつこいね」

夢路が吐き捨て、再び匕首を構えた。

そこへ旋風《せんぷう》が巻き起こった。菅笠《すげがさ》を目深に被った男が長合羽《なががっぱ》をひるがえし、長脇差を振り立て、獣の群れのなかへ突入したのだ。救いの神だ。

それは大鴉の弥蔵で、夢路を助けてたちまち二人を長脇差で血祭りに挙げた。恐慌をきたし、群れが乱れに乱れた。

弥蔵はさらに二人を蹴散《けち》らし、夢路の手を引いた。

十

境内《けいだい》の阿弥陀堂《あみだどう》のなかへ、二人して身を隠した。追跡の入り乱れた足音が、堂の前を走り過ぎて行く。

静かになった。小鳥たちも囀《さえず》り始めた。

堂のなかはうす暗いが、どこからか一条の陽光が差し込んでいる。それが二人の顔を照らしていた。

「助けて貰ったお礼を言う前に、おまえさんの素性《すじょう》を明かしとくれな」

油断を見せずに夢路が言った。

弥蔵は菅笠をゆっくり取り外し、夢路に初めて苦み走った顔を晒《さら》し、ギロリと険《けん》のある眼光を放った。

夢路は射竦《いすく》められる。その刹那《せつな》、この男が只者《ただもの》ではないことを知る。油断はできない。

「人様に名乗るのはちょいとおこがましいがな、おれぁ大鴉の弥蔵というふたつ名を持った外道《げどう》よ」

夢路が表情を引き締める。

「知ってるよ、その名前。天下の大盗っ人だね」

弥蔵は失笑する。

「大盗っ人とは片腹痛えがな、恥ずかしながらその通りだ」

「その弥蔵さんがなんだって義理もないあたしを助けたんだい。伊達《だて》や酔狂とは思えないけど」

「見るに見かねて手を貸した。それだけのこった」

「そうかい」

言うや、夢路が弥蔵に抱きつくように接触した。その手に阿蘭陀《オランダ》針《ばり》が握られていて、弥蔵の首に切っ先を突き立てんとした。それと同時に夢路も慄然《りつぜん》となった。弥蔵の匕首が下から夢路の脇腹を狙っているのだ。

束の間、緊迫の時が流れた。

「どうやらあいこのようだな」

腹の底に響く弥蔵の声だ。

夢路が一拍置き、深々と息を吐いて、

「わかった、道具を引くよ」

「よし」

二人が同時に武器を収めた。そこで鋭い視線を交わし合う。

「まだ答えを聞いてないね」

「布引左内はおれの相棒なんだ。もっとも向こうはどう思ってるか知らねえがな。同心と盗っ人、つうと言えばかあの仲よ」

「それじゃ、旦那に言われてあたしを守っていたってのかい」

「いいや、そうじゃねえ、けどあるいはそうかも知れねえ。おれたちゃ阿吽《あうん》の呼吸だからな、言葉にしねえだけよ。旦那がおめえさんのことを気に掛けてることがわかったんで、こいつぁ放っとけねえと。助けてやったんだから文句を言うなよ」

夢路が苦笑する。

「文句なんか言ってませんよ。それじゃ改めて、有難《ありがと》うとお礼を言わせて貰いますんで」

「いいや、なんのなんの」

砕《くだ》けた口調でそう言っておき、弥蔵が目を据えて、

「さっきの墓の下にゃ誰が眠ってるんだ」

「ああ、それね。知りたいかえ」

弥蔵がうなずき、

「ねんごろにとむらっていたよな。身内か何かの墓なのか」

「身内の墓は長崎だよ。あそこに眠ってんのは、あたしが江戸に来てから小女《こおんな》として使っていたお咲《さき》って娘っ子のものさ」

「女中として一緒に住まわせていたのか」

「まあ、そうさ」

「お咲はなんだっておっ死《ち》んだ」

「九頭龍一味のことは知ってるね」

「ああ、知らいでか」

「あたしと奴らはずっと前から争っていてね、隠れ家を突き止められて襲われたんだ。その時家にゃお咲しかいなくって、奴らがあたしを待つ間に好き勝手をやられちまった」

「汚されたのか、お咲は」

夢路は辛《つら》く、重苦しい顔でうなずく。

「次の日にあたしが帰って来たら、お咲は素っ裸で息の根を止められていた。苦しそうな表情をそのまま顔に張りつかせて、あたしに怒っているようにも見えた。こんな辛いことはなかった」

「その仇討、胸に秘めてるんだな」

「ああ、そのつもりでいるよ。お咲は気立てのいい娘だった。人を疑ることを知らなくって、田舎《いなか》には兄弟が大勢居た。なのに奴らはひとかけらの情もなくぶち殺したんだ。許せるわけないじゃないか」

「おめえさんのふた親は遠い長崎で眠っているのか」

「父親は通詞《つうじ》だったわ。異人相手の稼業で、あたしは出島で生まれ育った。江戸に出て来たのは十九の時だった」

「ふた親はなんだって死んだんだ」

夢路の表情が苦痛に歪《ゆが》んだ。

「それくらいにしといて貰おうか。昔のことは言いたくないんだ」

「わかった、もうよすぜ」

弥蔵は下から掬《すく》い上げるような目で夢路を見て、

「で、仇《かたき》の九頭龍一味の調べはどこまで進んでいる」

「それは……」

夢路は言い淀《よど》む。

「お咲の仇討、まさかおめえさん一人でやるつもりじゃねえんだろうな」

夢路はキッと弥蔵を見る。

「そのつもりだよ、誰も巻き込もうとは思ってないね」

「やめとけよ、そいつぁ。返り討ちに遭《あ》うのが関の山だぜ」

「放っといとくれ、あたしはあたしの流儀でやるのさ」

夢路が弥蔵から離れて立ち上がった。

「弥蔵さん、助けてくれて有難う」

「礼ならいいぜ。おれも旦那もあんたの味方だと思いねえ」

「それはお気持ちだけで」

夢路が戸を開け、表の様子を念入りに見た上で、さっと消え去った。

弥蔵は笠を被り、身拵《みごしら》えをしながら、

「くそっ、いい女じゃねえか。惚れちまいそうだぜ」

ひとりごち、面倒臭そうに長合羽を羽織った。

十一

数日前に南大工町《みなみだいくちょう》で火災があり、大火には至らなかったものの、数軒の商家や長屋が焼けた。

その焼け出された人々のために、通一丁目の醤油酢問屋芝口屋伊助が、家の近くで炊《た》き出しを行った。

伊助は路上で薪《たきぎ》を盛んに燃やし、その上に大鍋《おおなべ》をかけ、ぐずぐず煮込んだ狸汁《たぬきじる》を手ずからふるまった。

大勢の奉公人にも手伝わせ、伊助は行列を作った人々に対して汁を椀《わん》によそって手渡して行く。そうしながら、一人一人に慰《なぐさ》めの言葉を掛けるのだ。

汁のなかは煮込んだ狸や兎《うさぎ》の肉、野菜類などが湯気を立て、人々の心を温かくし、和《なご》まされて誰もが感謝した。

行列の順番が来て、左内にも手代が空の椀と割《わ》り箸《ばし》を持たせ、伊助がそれに柄杓《ひしゃく》で汁をよそった。

双子だけあって、伊助は万二郎とそっくりの顔つきだが、人としての雰囲気は大分違った。終始穏やかな表情で、もの馴れており、誰にもやさしいのだ。

この日の左内は同心姿ではなく、着流しに佩刀《はいとう》しただけで、十手は帯《お》びてなく、ごく尋常な御家人の装いで身分を隠している。

「いやあ、有難い、なかなか奇特《きとく》なことですなあ。ふつうなら大店《おおだな》の主はこんなことはせんでしょう」

「災難は誰にも降りかかりますからね、明日はわが身と思えばよいのです。はて、しかし罹災《りさい》した人のなかに、お武家様はいなかったと思いますが」

伊助が穏やかな目で、左内を見て言った。

「ははは、その辺はどうか勘弁下されよ。いい匂《にお》いにつられて、つい列に並んでしまいました。貧乏御家人の性《さが》かも知れません」

「構いませんよ、あたくしは誰彼の区別はしておりません」

「因《ちな》みに聞きますが」

「はい、なんなりと」

「狸汁には何が入っているのですかな」

「昔噺《むかしばなし》のかちかち山に因みまして、狸や兎の肉を輪切りにして煮込み、後は大根や人参《にんじん》、青物なんぞの野菜類です。あ、暗いからわからないかも知れませんが、豆腐と蒟蒻《こんにゃく》も入っておるんですよ。お躰が温《ぬく》もりますんで、まずは召し上がり下さいまし」

「馳走《ちそう》になります」

行列の後がつづいているので、左内は椀を持って列から外れ、立ったままで汁に口をつけた。山椒味噌《さんしょうみそ》がいい香りを漂わせている。

（こいつぁあれか、偽善者が罪滅ぼしのつもりでやってることなのか。それとも売名ってこともあるわな）

そこへ列から外れ、湯気の立った椀を持ったお雀《すず》が近づいて来た。歩きながら汁を啜《すす》っている。

「どうだ、お雀」

「おいしいわ、焼け出されて途方に暮れてる人たちにとっちゃ泪《なみだ》が出てきちゃうでしょうね」

「偉えな、芝口屋の旦那ってな」

「本当にそう思ってる？」

二人は急に小声になる。

「思ってるわきゃねえだろ。こんなことで誤魔化されねえぞ」

「これって、やっぱり嘘っぱちなのかしら」

「なんとも言えねえな、だから本人に直《じか》に当たってみようとしたんだ。そうしたら炊き出しをやってるって耳にしたもんだから、おめえにつき合わせた。弟とは大分違うから面食らうばかりよ。存外兄貴の方は善人なのかも知れねえぜ」

「半信半疑ね」

「同感だ」

「万二郎から旦那のことを聞いてないのかしら」

「兄弟仲がわからねえからな、そこもなんとも言えねえやな」

「だって弟は旦那の命を狙ったんでしょ、殺そうとしたのよ」

「兄貴はあくまで堅気で生きてっからよ、弟のやってることたまるっきり知らねえってこともあらあな」

「どう？　今宵《こよい》の手触りは」

「芝口屋伊助は立派な旦那だぜ」

「嘘っぽいなあ、その言い方。これからどうするつもり」

「顔は売ったからよ、次に会うのが楽しみだ」

二人して椀を空にすると、すかさず手代が寄って来た。それに礼を言って椀を返す。

左内とお雀はぶらりと歩きだした。

「ねっ、夢路って人どうしてる」

「そういやここんとこ会ってねえな」

「大丈夫なのかしら」

「何がよ」

「だって人殺し稼業なんでしょ、九頭龍一味とやらを滅ぼそうとしてるんでしょ、とても無事じゃ済まないような気がするんだけど」

「おめえのしんぺえするこっちゃねえ、今日はつき合わせちまって悪かったな」

「ううん、いいのよ。旦那のためならたとえ火のなか水のなかだもん」

「泣かせるなよ」

十二

おなじ夜、浜町河岸《はまちょうがし》辺りの裏長屋にひそかに三人の男が集まっていた。

その家の住人は今右衛門で、世間向きにはわけあり隠居の独り暮らしということになっている。伜の嫁と折り合いが悪く、それで飛び出したのだと今右衛門は吹聴《ふいちょう》していて、長屋の住人たちの同情を買っている。

権松はそこへ親類という触れ込みで出入りしていた。

その夜は二人に加え、万二郎がやって来て密談を始めた。

「久々に殺しをやってくれないか」

万二郎の言葉に、今右衛門と権松は表情を引き締め、

「手強《てごわ》い相手かね、若旦那」

今右衛門が言った。

「いいや、殺す相手は辰巳《たつみ》の芸者と間夫《まぶ》よ。どうってことはあるまい。芸者には年寄の旦那がついていて、これが焼《や》き餅《もち》焼きでな、男狂いの芸者に愛想が尽きたようなんだ。何百両も金を注《つ》ぎ込んできたが、もう沢山《たくさん》だということになった。芸者と間夫が一緒に居るところを襲って心中に見せかけようと、そういう筋書きだ」

今右衛門は権松と視線を交わし、手早く手配りする。

「芸者はお染とお国にやらそう。間夫の方は千代吉だ。それでどうだい」

「ああ、いいだろう」

権松が言い、万二郎を抜け目なく見て、

「若旦那、なんとかしてくれねえかな、こちとら手元不如意《ふにょい》なんだ」

「わかってるよ」

万二郎が袂《たもと》から金包みを取り出した。

今右衛門はそれを収めて、

「聞いておきてえんだが、こいつぁどういう筋からなんだね。上からか、それともおめえさんが勝手に請負ったものなのか」

「後の方だと思ってくんな。近頃上とはぷっつり凧《たこ》の糸が切れちまった」

「そりゃどうしてだね」

今右衛門が気掛かりな顔になって聞く。

「今その話はしたくないんだ、堪忍《かんにん》だよ」

万二郎は曖昧《あいまい》な言い方をする。

「わかった、じゃそういうことで」

万二郎が帰って行くと、今右衛門と権松は憮然《ぶぜん》と見交わした。

「どうも妙なことになってきちまったな」

今右衛門が言うと、権松もうなずき、

「おれたちが口を出すこっちゃねえからな、なんとも言えねえが。なるべくなら形のあるものは壊さねえ方がいいのになあ」

「おれもそう思わあ」

権松が台所へ立って、酒の支度《したく》に取り掛かった。燗酒《かんざけ》の用意をしていると、ふっと気配を感じて外へ目を走らせた。立て付けの悪い勝手戸をガタピシとやって開け、すばやく見廻した。

黒い人影が逃げるように去って行く。

「あ、野郎」

権松が飛び出し、影を追った。路地を抜けて大通りへ出ると、曲者《くせもの》は消えていた。

「くそっ」

罵声《ばせい》をつぶやくところへ、今右衛門が後ろに立った。

「どうしたい」

「盗み聞きされたようだ」

「誰に」

「確かあの野郎は……」

「知ってる奴なのか」

権松が今右衛門にうなずいて見せた。

十三

盗み聞きの張本人は小柴弁之助で、馬喰町の仕舞屋へ帰って来るや、油障子に心張《しんばり》棒《ぼう》を支《か》い、座敷へ上がって座り込んだ。その顔が真っ青だ。

とんでもない話を聞いてしまい、生きた心地がしなかった。やはり疑惑の通り、あの三人は人殺しだったのだ。後ろ姿を見られたから、こっちの正体は見破られたはずだ。

（どうしよう、どうしたらいいんだ）

目の前が真っ暗になる思いがしてきた。

しかし今聞いたことをお上へ訴え出るのは容易《たやす》いが、おのれの立場を考えるとそうもゆかない。公事師として成り立たなくなるし、それより何より、あの三人のうちの誰かが自分を手に掛けに来る気がしてならない。あいつらだって身を護《まも》るのに必死になるだろう。

行燈の灯《ひ》を入れようとし、不意に手が止まった。

油障子がそっと叩《たた》かれた。

弁之助は息を詰め、動けないでいる。応えてはいけない。居留守《いるす》を使うしかなかった。

「小柴さん、北町の布引だ」

弁之助に動揺が広がった。

この場で左内に訴えれば助かる気がした。だがその結果もおなじで、公事師の仕事は失うことになる。ここは保身しかないのだ。そのまま息を殺していると、暫《しば》くなかの様子を窺《うかが》っている風だったが、やがて諦《あきら》めたのか、左内の気配が消え去って行った。

弁之助は深く安堵《あんど》した。

そして急に思い立ち、大風呂敷《おおぶろしき》を取り出して広げ、バタバタと私物を詰めだした。とりあえずこの家を出て行方をくらますのだ。何も見ていないし、何も聞いていない。それを貫き、離別した妻子の所へ行ってほとぼりを冷まして嵐《あらし》をやり過ごそう。もう頼み人の秘密を暴くのはやめて、これからは公事買いに徹して生きていくのだ。

風呂敷包みを纏《まと》めて首に巻きつけ、表戸はそのままにして勝手戸をそろりと開け、路地裏に踏み出した。幸い人の気配はない。路地伝いに道を急いだ。

だが角を曲がったところで、弁之助は愕然《がくぜん》となった。

権松の黒い影が立っていたのだ。

「ああっ」

恐怖の声で後ずさった。

「おめえさん、余計なことをしなけりゃ長生きできたものをよ、てめえから寿命を縮める愚《おろ》か者めが」

「お、おまえたちはなぜ人の命を奪って暮らしているんだ。正気じゃないぞ。こんなことをずっとつづけて行くつもりなのか。考え直したらどうなんだ」

「しゃら臭えことぬかしてるんじゃねえぞ。てめえこそなんだ、口先ひとつで食ってるろくでなしのくせしやがって」

権松が不気味に迫った。

「よせ、近づくな。これでもわたしは元は武士なんだぞ」

申し訳のように差した脇差を抜き、身構えた。しかしその切っ先は細かく震えている。

権松は怖《おそ》れもせずにぐいっと寄って来て、素手《すで》で弁之助の首に片手を掛けた。

「あっ、何をする」

夢中で脇差を振り廻すも、空《むな》しく空を切るばかりだ。そのうち弁之助の手からぽとりと脇差が落ちた。

「悪く思うなよ」

権松が一気に力を籠め、弁之助を絞め殺した。脆弱《ぜいじゃく》な公事師の呆気《あっけ》ない死であった。

第四章　九頭龍《くずりゅう》の影

一

翌朝、馬喰町《ばくろちょう》の路地裏で公事師《くじし》小柴弁之助《こしばべんのすけ》の骸《むくろ》が発見され、大騒ぎとなった。身許《みもと》はすぐに判明したから、布引左内《ぬのびきさない》に知らせが届いたのは早かった。

八丁堀《はっちょうぼり》から馬喰町の自身番に急行し、弁之助の変わり果《は》てた姿と対面するも、左内が検屍《けんし》するまでもなく、扼殺《やくさつ》であることはひと目でわかった。

弁之助は古唐子屋《こがらしや》の今右衛門《いまえもん》たちの秘密でも知ることとなり、それで手に掛けられたのは想像に難《かた》くない。

（悪い奴《やつ》じゃなかったんだがなあ……）

一抹《いちまつ》同情の念が湧《わ》き、残念な思いがした。

昨夜、弁之助を訪ねたものの、不在か居留守《いるす》かわからぬままに、本人に会えずに早々に諦《あきら》めて立ち去ったのが悔やまれた。

弁之助を口説《くど》いて、今右衛門たちのことを聞き出そうとしたのだが。

　左内は自身番を後にすると、その足で両国橋《りょうごくばし》の袂《たもと》で草団子《くさだんご》を土産《みやげ》に買い、本所《ほんじょ》一つ目の文六《ぶんろく》長屋のお雀《すず》を訪ねた。

　長屋の路地では悪童たちが遊んでいる。

　お雀は左内に背を向け、文机《ふづくえ》に向かって代書の仕事をしていた。

「これは旦那《だんな》、ようこそ」

　筆の手を止め、お雀は左内に向き直って茶を淹《い》れる。「あら、おいしそう」と言って土産の草団子の包みを開けてすぐに頬張《ほおば》る。礼も言わないそういうところは子供っぽくて、罪のない娘なのである。

「浮かない顔してるみたいだけど、何かあったの」

　口の周りに餡《あん》をくっつけながら、お雀が問うた。

「公事師の弁之助が殺されたよ」

　お雀は「ひっ」と言って、言葉を呑《の》む。

「下手人は」

「そんなこたわかりきってらあ。奴らしかいねえじゃねえか。詮議《せんぎ》する気も起きねえぜ」

「奴らって、あの奴ら？」

左内はお雀の淹れた茶を飲みながら、しかつめらしい顔になってうなずき、

「そうよ、あの奴らよ。そこでおめえにな、この事件をはなっから洗い直して貰《もら》いてえと思ってよ」

「ちょっと待って、それは旦那のお仕事じゃないの。小娘のあたしにはとても荷が重すぎるわ」

「こたびは下手人探しをするな意味がねえんだ。芝口屋《しばぐちや》とか古唐子屋とか、その辺でとぐろを巻いてる連中が下手人なんだからよ」

「だったらなんでお縄にしないの」

「証拠がねえのさ。捕まえたってまたぞろ公事師みてえな奴が出て来て、引っ掻《か》き廻《まわ》されて終わりだろ。もうそんなのはうんざりなんだ、お雀ちゃん」

「やめてよ。旦那があたしにお雀ちゃんなんて呼ぶ時はろくなことがないんだから」

「そんなこと言わねえでやってくれよ。曇《くも》りのねえおめえの目がでえじなんだ」

「確かにあたしは澄《す》んだきれいな目をしているけど、何を見ればいいのよ」

真面目《まじめ》な顔でふざけたことを言う。

「最初に戻ってだな、どっかに証拠んなるようなものはねえか、それを見定めてこい

よ」

「十文字屋《じゆうもんじや》は今はどうなっている？」

お雀が不意に話題を変えた。

「空家のまんまよ。そこへすっと目が行くってこたやはりおめえはてえしたもんだ。十文字屋なんて忘れてたぜ」

「表向きの生業《なりわい》はともかく、香具師《やし》だった十文字屋嘉兵衛《かへえ》も、九頭龍《くずりゆう》と似たりよったりの裏渡世《うらとせい》だったわよね」

「その通りだ」

「怖いわ」

「怖かねえよ」

「双方は何かの悶着《もんちやく》を抱えていて、一方が闇討《やみうち》された」

「ああ」

「そこね、この事件の臍《へそ》は」

「なるほど、頼もしいお雀ちゃん、やってくれるんだな」

「それはあれね、スッポンね」

意味のわからないことを言って、お雀は胸を叩《たた》いてみせた。やはりふざけているとしか思えなかった。

二

鉄砲町《てっぽうちょう》の裏通りにある十文字屋嘉兵衛の家は、真っ暗で戸締りがなされ、人の居る様子はなかった。

事件から暫《しばら》くは役人が立って、家の廻りは縄が張りめぐらされていたが、今はそれもない。惨劇《さんげき》のあった所だけに、近隣の人も気味悪がって近づかないようだ。

すっかり夜の帷《とばり》が下りたその家へ、お雀は片手に杖《つえ》、もう片手に小ぶりな提灯《ちょうちん》を持ってやって来た。裏手から難なくなかへ入り、探索を始める。

実を言うとお雀は子供の頃《ころ》からこういう探索が好きで、幽霊屋敷《ゆうれいやしき》と呼ばれるような所に肝試《きもだめ》しに入ったこともあった。古井戸に下りるや、蛇《へび》の群れに仰天《ぎょうてん》して逃げたりもした。

無人の家の湿気の臭いに混ざって、腥風《せいふう》がどこかに残っているかのようで、お雀は探索しながら鼻を曲げる。

部屋は幾《いく》つもあるが、提灯の灯《ひ》をぐるっと廻して見て行くと、唐紙や障子《しょうじ》に黒ずんだ血飛沫《ちしぶき》がありありと残り、殺戮《さつりく》の凄《すさ》まじさを物語っている。殺し屋同士の闘いなのだからそれは当然なのだろうが、お雀は思わず怖気《おぞけ》立つ思いがした。

ミシッ。

どこかの部屋から物音がした。

ほかに誰《だれ》かがいるのだ。

（誰よ、いったい誰なの）

殺し屋の残党だったらどうしようと思い、あまりの恐怖に尻《しり》の穴が縮こまりそうになるのを感じた。

とたんに杖を板の間に落としてしまい、お雀は叫びそうになった。敵がその音に気づかぬはずはない。

（冗談《じょうだん》じゃないわ）

こんな所で命を落とすなんて真っ平だ。今日はやめにして出直そう。そう思って出口へ向かうと、今度は近くで音がした。敵はそばまで来ているのだ。

（ここであたしは殺される運命なのかしら）

そんな死は受け入れられない。あれもこれも、食べたいものは沢山《たくさん》あり、娘らしく着飾りたくもあるのに。必死で闘う覚悟をつけ、杖を武器にして身構えた。

唐紙がそろりと開けられ、男の黒い影が現れた。

「えいっ」

お雀が敵の頭めがけて杖を振り下ろした。それが相手の脳天にガツッと命中し、男が「痛えっ」と叫んでうずくまった。

「あんた、誰よ、なんだってあたしを。お上へ突き出すわよ、大声を出すわよ、もう出してるけど」

勇気をふるって少し男に近づき、再び杖を振り上げた。杖がないから足許がもたつく。

「待て、早まるんじゃねえ」

男が手を突き出し、待ったをかけた。それは音松《おとまつ》であった。たがいに顔はよく知らないものの、どこかに敵とは違う感覚があった。

双方がまじまじと見つめ合う。

「お、おまえさん、もしかして……」

「そのもしかだよ。おれぁ音松ってもんだ。左内の旦那の手先だ。杖を持ってるとこ見ると、おめえが本所一つ目のお雀なんだな」

「そうよ、雀よ、音松さんなら旦那からいつも話に聞いてるわ。御免《ごめん》なさい、とんだことしちまって。痛かった？」

お雀は音松の傍らにしゃがんで、瘤《こぶ》のできた頭を撫《な》でさすった。

「でえ丈夫、気にしねえでくれ。それよりおめえ、ここで何してるんだ」

「旦那に言われて九頭龍のことを調べようとしていたのよ。ここの家の人たちが一味と争って皆殺しにされたでしょ、何か証拠になるものはないかと思って」

「なら丁度よかった、妙なものが見つかったぜ」

「何々、見せて」

音松がふところをまさぐりながら、

「隈《くま》なく見て廻っていて、最初はこれといったものはなかった。そう思って引き上げようとしてたら、隠し棚のなかにこんなものが」

音松が皺《しわ》くちゃの紙片を取り出した。

「なんなの、これ」

お雀がそれを手にして、開いて見入った。

どこかの家の間取図が書かれてあり、それもかなり大きな家の図面で、お雀は提灯の火を近づけて繁々《しげしげ》と見入った。

「その感じだとな、どっかのお店《たな》じゃねえかと思うんだよ、それも結構な大店《おおだな》みてえな」

音松が声を落として言うと、お雀も同意でうなずき、

「盗っ人なら押込むためってとこよね。でも十文字屋も九頭龍も盗み働きはやってないでしょ」

「大店の主《あるじ》の命でも狙《ねら》っていて、殺しは家でって決めてたらどうなんでえ。間取図は入り用だろう」

「でもどこのお店なのか、それがわからないとなんとも……」

紙片の皺をひっぱって広げるうち、お雀が「あひっ」と素《す》っ頓狂《とんきょう》な声を上げた。

「どうした」

「これ、ここを見て」

紙片の下部に小さく書かれた墨《すみ》の薄くなった文字が、辛《かろ》うじて判読できた。

それには『くれたけ・らしやうもん』とあった。

「羅生門《らしょうもん》て、いったい……音松さん、羅生門てどこかわかる？」

「羅生門て言ったらひとつしかねえぜ。吉原大門《よしわらおおもん》を潜《くぐ》って少し行くと、羅生門河岸《かし》ってのがあらあ。いつも暦《こよみ》売りに行くんだよ」

「じゃ吉原の廓《くるわ》ってことね。でもくれたけってなんのことかしら。それにこの間取図を見る限り、廓の家ンなかとも思えないけど」

「おいらだって廓なんぞに上がったことねえからわからねえよ、まっいいさ、二人して調べてみようぜ」

「そうね」

肩を並べて行きかけ、音松が言った。

「おめえもてえへんだな、そんな不自由な躰《からだ》で」

「ううん、平気よ、もう馴《な》れたわ。音松さんて、やさしいのね」

「おなじ親方に仕《つか》える仲じゃねえか」

「アハッ、それもそうね」

連帯感が生まれたようだ。

二人が出て行き、暫く経《た》った。

すると天井板がザザッとずらされ、そこに忍んでいた人影が動いて身軽に飛び下りて来た。黒装束《くろしょうぞく》に頰被《ほおかむ》りをし、面体《めんてい》を隠した夢路《ゆめじ》である。

夢路もまた二人とおなじ目的で忍び込んでいて、家探しをしていたところ、彼らが現れたのですばやく天井裏に隠れたのだ。そこで図らずも今のやりとりを耳にし、得心したのである。音松はさておき、お雀のことは知っていた。

（くれたけに羅生門、みんな知っている）

判じ物のような文言だが、夢路は承知しているようだ。勝算の見込みが立ったのか、その頰に謎《なぞ》めいた笑みが浮かんだ。

三

昼の吉原は閑散《かんさん》としていて、さしもの不夜城《ふやじよう》もまだ眠りから醒《さ》めていないようだった。小娘の身で廓のなかへなど入れないから、お雀は大門の前で落ち着かずに行ったり来たりしていた。音松が聞込みに廓内へ入ったので、吉報を待っているのだ。

大門を出入りする吉原の男衆が、お雀を奇異な目で見て行く。身売りに来たのかと思われ、お雀を品定めしている。だが杖を突いたその姿を見て、難色を示す。

(嫌だわ、こんな所にいたくないわ)

それがお雀の本音だが、音松は手間取っているようだ。

大門近くの楼閣《ろうかく》の二階から、だらしない寝起きの寝巻姿で、化粧《けしよう》っけのない女郎がこっちを見ている。お雀は慌てて目を逸《そ》らす。おなじような年なのに女郎は籠《かご》の鳥なので、お雀は同情を禁じ得ない。

やがて音松がやって来て、お雀の前でへたり込んだ。

「参った参った、吉原がこんなに大きいとは思わなかったぜ」

お雀が楼閣の方をチラッと気にして見やると、若い女郎はもういなくなっていた。

「どうしたの、くれたけは見つかった？」

「羅生門河岸にゃそんな見世《みせ》はなかった。ほかにも行って、江戸町《えどちょう》、京町《きょうまち》、角町《すみちょう》なんぞ当たってみたけど、くれたけなんてねえのさ。女郎の源氏名《げんじな》かとも思って聞いてみたんだけど、それも外れだった。くれたけ太夫《だゆう》なんておかしいもんなあ」

「がっかりねえ。じゃどこの羅生門を当たればいいのよ」

「トホホだよ、盆中《ぼんなか》手止まりってやつだな」

お手上げとなり、二人は左内に会いに八丁堀へ向かった。『くれたけ　羅生門』に関して、話を聞いて貰おうということになったのだ。

岡崎町《おかざきちょう》の組屋敷まで来て、左内の在否を探ろうとしていると、田鶴《たづ》と坊太郎《ぼうたろう》の話し声が聞こえてきて、二人はとっさに物陰に隠れてしまった。疚《やま》しいことはないにしろ、手先の立場ゆえに、やはり正面切って田鶴の前へ出ることは憚《はばか》られた。

田鶴が小ぎれいな小袖《こそで》姿に身装《みなり》を改め、坊太郎に送られて玄関先まで出て来た。

「帰りは日の暮れになります。晩は一人でお食べなさい。支度《したく》は調《ととの》えてありますゆえに」

「父上はお帰りにならないのでしょうか」

田鶴が失笑し、

「父上の行く先は母にもわかりませぬ。いつものことですから、よいですね」

「はい、行ってらっしゃいませ」

田鶴が木戸門から出て行き、立ち去った。

見送って所在なげに佇《たたず》む坊太郎の前に、お雀と音松が飛び出して来た。

「坊太郎ちゃん」

「ああ、お雀さん」

挨拶《あいさつ》を交わす二人に、音松がしゃしゃり出て、

「お初だよね、おいら音松っていってな、旦那のお手伝いをしているんだ。よろしくな」

「はあ、それは」

坊太郎は曖昧《あいまい》に言って、音松に頭を下げておき、

「何か御用なのですか」

話し馴れたお雀に聞いた。

「お父上を訪ねて来たんだけど、お留守みたいね」

お雀が言うのへ、坊太郎は答える。

「父上はお役でいつお帰りになるかわかりませぬ。母上はお琴《こと》の稽古《けいこ》に、内神田《うちかんだ》の多《た》町《ちょう》まで出掛けたのです」

田鶴の箏曲指南《そうきょくしなん》に関しては、お雀は左内から聞いているから、

「今チラッと聞こえたんだけど、多町だったらお母上のお帰りは日の暮れになるわねえ」

「そうなのです、心配なのです」

「何が」

「蠟燭町《ろうそくちょう》を通らなければよいのですが」

「そこに何かあるの」

「町内の木戸の所に勇《いさ》み肌《はだ》の人たちが屯《たむろ》していて、渡り賃《ちん》を取るらしく、銭を払わないと通してくれないそうなのです」

「それはよくないわねえ」

「だから蠟燭町の木戸を、町の人たちは羅生門と呼んでいるとか」

「ええっ」

お雀が驚きの声を出し、さっと音松と見交《みか》わし合って、

「坊太郎ちゃん、その話、誰から聞いたの」

「母上です。蠟燭町のその先に平野《ひらの》様と申すお旗本がおられまして、そこへ母上は出稽古に参るのです。以前帰りに半襟《はんえり》を買い求めに蠟燭町へ行き、勇み肌の人たちに言い掛かりをつけられたのです。でも安心して下さい。母上は渡り賃など鐚《びた》一文払わずに罷《まか》り通ったそうです。今度父上に言って、勇み肌の人たちを叱《しか》って貰おうかと……あ、あれっ？」

坊太郎が見廻すと、お雀と音松はもういなくなっていた。

（雀さんて、どうしていつも落ち着かないんだろう）

胸の内で愚痴《ぐち》った。

四

俚称《りしょう》羅生門木戸は、坊太郎が言う通り蠟燭町にあり、勇み肌とは名ばかりの破落戸《ごろつき》同然の男たちが屯していた。男たちは火消し崩れのようだ。

お雀と音松は町辻《まちつじ》からそれを見て確認し、まずは手っ取り早く自身番へ行った。そこで布引左内の手先であると身分を明かし、『くれたけ』の名を伝えて調べて貰おうとした。ところが調べるまでもなく、自身番の家主はすぐにピンときて、

「ああ、それなら材木問屋の呉竹屋《くれたけや》さんのことでしょう」

「呉竹屋？　大店なんですか」

お雀が声を弾《はず》ませて問うた。

「へえへえ、それはもう。呉竹屋さんはここいらじゃ大層な分限者《ぶげんしゃ》で通っておりますよ」

呉竹屋は蠟燭町と関口町《せきぐちちょう》の入り組んだ所にあった。大通りに金で面を張ったような店構えだ。

お雀は蕎麦屋《そばや》の店先に出された床几《しょうぎ》に掛けて、聞込みに走り廻っている音松を待っていた。

間もなくして音松が姿を現し、二人は店へ入って小上がりに陣取り、天ぷら蕎麦《そば》を二つ小女《こおんな》に註文《ちゅうもん》しておき、お雀が話を急《せ》かした。

「どうだった、呉竹屋は」

「呉竹屋ときたら、もうすげえったらねえ」

「どんなに凄《すご》いの」

「紀州《きしゅう》や木曽《きそ》の材木は言うに及ばず、上州《じょうしゅう》や武州《ぶしゅう》のものまで手広く扱って破竹《はちく》の勢いなんだとよ。近頃じゃお上の御用達《ごようたし》も務めているらしいぜ」

火災の頻発《ひんぱつ》する江戸では、年ごとに建築資材の需要《じゅよう》が高まり、材木の流入は増加の一途を辿《たど》っている。材木問屋の扱う金高は常に莫大《ばくだい》で、呉服商、両替商と並んで豪商の多い業種だ。かつての紀伊国屋文左衛門《きのくにやぶんざえもん》、奈良屋茂左衛門《ならやもざえもん》がつとに名高い。

小女が天ぷら蕎麦二つを運んで来て、二人はそれに箸《はし》を付け、蕎麦を掻っ込みながら、「呉竹屋の主はどんな人？」

お雀が聞いた。

「文吉《ぶんきち》って言って、これが二代目なんだが先代よりもやり手でな、人を人とも思わねえ奴らしい。女房子もいるんだけど、文吉はあっちこっちに女がいて、酒は蟒蛇《うわばみ》並だとよ。博奕《ばくち》好きとも聞いたぜ。それだけ血気盛んなんだから、人の怨《うら》みのひとつやふたつは買っていてもおかしくねえよな」

「そうね、それで誰かが十文字屋に文吉殺しを頼んだのかも知れない。てことはよ、呉竹屋殺しを九頭龍が引き継いだってことも考えられるわ」

「なるほど、なるほどなあ、こういうことだったのか」

音松が膝《ひざ》を打ち、頻《しき》りに感心する。

「何よ、どうしたの、音松さん」

「旦那がいつもおめえさんのことを褒《ほ》めるんだ。ものを見抜く力があるってな。お雀ちゃんのことを知恵袋だとも言ってたぜ。おいらの頭は砂袋だけんどよ」

「あらあ、そんな、恥ずかしい」

お雀が赤くなる。

「ともかく旦那をつかめえてよ、これまでのことを聞いて貰おうじゃねえか。一つも二つも前へ進んだな。それもこれもお雀ちゃんのお蔭《かげ》だぜ」

単純に喜ぶ音松を見て、この人はいい人なのね、とお雀は思った。

(先々もうまくやっていけそうだわ)

二人は相性がいいようだ。

五

左内がつかまったのはもう日の暮れで、音松が出廻りそうな所を探しまくり、ようやく越中橋《えっちゅうばし》の袂で見つけた。

職人同士の口喧嘩《くちげんか》に左内は割って入り、両者を止めていた。

音松を見ると左内は笑みを見せ、

「よっ、おめえか、暇か、こんな所でどうしたい」

そう言われ、音松はげんなりして、

「昼からこっち、旦那を探しまくってたんですよ。会いたくねえ時はすぐ会えるのに、どうして今日みてえな日はすんなりゆかねえんですかねえ」

左内は職人たちをそっちのけにして、

「おれに会いたくねえ時ってな、どんな時なんだ」

音松は少し退《ひ》いて、

「そりゃまあ、いろいろありまさ。ともかく一緒に来て下せえやし」

「どこへ」

「お雀を放《はな》れ駒《ごま》に待たせてあるんですよ」

「あれ、おめえ、お雀を知ってたっけ」

「ゆんべ十文字屋でばったり出くわしたんでさ。いい娘《こ》ですね、すっかり仲良しになっちまって」

「だからいつも言ってるじゃねえか。あいつぁ目から鼻に抜けるんだよ。おれの頭なんか砂袋だもんな」

音松はプッとひそかに吹いて、

「へっ、あっしも右におんなじでさ」

「で、十文字屋でなんぞつかめたのか」

「めえりやしょう、話は道々」

音松が先に立つと、左内は職人二人に見返って、
「おめえら、つまらねえことで言い争いするんじゃねえぞ。こちとら忙しいんだから
よ」
恐縮する職人たちを残し、左内は音松と立ち去った。
放れ駒の小上がりに左内、お雀、音松が車座になり、密議を開いていた。
店には数人の客がいて、お勝《かつ》はそれらの相手をしながら酒や小料理を小上がりに運
び、行ったり来たりして大忙しである。
「呉竹屋ってな聞いたことがあるが、よくは知らねえなあ」
左内が皺くちゃの紙片に目を通し、
「十文字屋がここに押込むつもりでいたってことは、やはり主の文吉が狙いだったの
か」
「あたしはそう思うわ、きっと文吉は敵が大勢いるのよ」
「そこへ九頭龍が割り込んで文吉の命を。頼んだ奴は二重でもなんでもいいから、ど
うしても呉竹屋文吉を消し去りてえんですぜ」
酒を運んで来たお勝が、音松が言うのを聞き咎《とが》めて、

「呉竹屋って、あの呉竹屋なのかしら」

「なんだよ、おめえは引っ込んでろ」

左内が牽制《けんせい》しても、お勝は言うことを聞かず、

「あたしの知り合いの口からさ、よく呉竹屋の名前が出るんだよ」

「どういう知り合いだ」

左内が聞くと、お勝は拗《す》ねて、

「引っ込んでなきゃいけないんだろ」

「うるせえ、聞かれたことに答えろ」

「女将《おかみ》さん、すみません、教えて下さい」

お雀が手を合わせると、お勝は気を良くして、

「あんたいい子だねえ、こんな馬面《うまづら》の旦那に使われてんの勿体《もったい》ないよ。うちへお出《い》でな」

「うるせえ、早く言わねえか、この化《ば》けベソめ。言う通りにしねえと、その余分な肉のついたケツを蹴《け》っとばすぞ」

「おおっ、こわっ」

「女将さん、旦那はこういう人ですんで、気を悪くしねえで下せえ」

音松が拝《おが》み倒す。

「おれがどういう人だってんだ」

「旦那、いちいちひっかからねえで下せえ」

お勝は左内の酒を勝手にひっかけ、

「知り合いは蔵前《くらまえ》の札差《ふださし》で森口屋《もりぐちや》さんてんだよ。旦那は霊巌島新堀《れいがんじましんぼり》にある賭場《とば》ってのを知ってるかい」

「ああ、知らいでか。矢切《やぎり》の勘兵衛《かんべえ》ってえ島帰りのやくざもんがやってるんだ」

「呉竹屋の旦那とそこでよく一緒ンなって、森口屋さんが熱くなり過ぎてすってんてんにされちまった時なんか、呉竹屋さんが駒札《こまふだ》を廻してくれるんだとか。だから気前のいい人なんだろうねえ。あたしにもそういういい人できないかしら」

左内をチラチラ見ながら言う。

三人が言葉なく、憮然《ぶぜん》と見交わし合った。

六

その夜遅く、浜町《はまちよう》河岸の裏長屋を訪れる男の客があった。

男は商人風だが頭巾《ずきん》で面体を隠し、今右衛門の家の案内を乞うた。

応対に出た今右衛門に、男は戸口に立ち、頭巾のままで静かな声でこう言った。

「わしの思いは富士《ふじ》の白雪《しらゆき》」

それを聞いた今右衛門はサッと表情を引き締め、男を招じ入れた。座敷に上げると、対座して答えた。

「積もるばかりで溶《と》けやせぬ」

九頭龍一味の殺しの符牒《ふちょう》だ。

「へい、相わかりやしたぜ」

今右衛門が返答した。

すると男がおもむろに頭巾を取り外し、今右衛門に顔を見せた。

それを見た今右衛門は、あまりの驚きで声を失った。すぐに態度を改め、畏《かしこ》まる。

「どなたのお命がご所望なんで」

男の答えを聞いた今右衛門が、さらに驚愕《きょうがく》した。

「芝口屋万二郎《まんじろう》をやっておくれな」

七

霊巌島新堀の矢切の勘兵衛の賭場は、今宵《こよい》も勝負が白熱していた。元料理屋の大きな家で、賭場は二階の十帖《じょう》ほどの広座敷だ。

客の旦那衆が盆茣蓙《ぼんござ》を熱く見つめ、いつもながらのやりとりが繰り広げられている。

中盆《なかぼん》が「ハイ、ツボ」と声を掛け、「どっちも、どっちも」とつづき、「ハイ、ツボ」と言われた壺振《つぼふ》りが、骰子《さいころ》を振ってパッとツボを伏せる。

静かなざわめきと同時に異様な熱気が高まり、中盆が畳《たた》み込むように声を張り上げた。

「丁方《ちょうかた》ないか、ないか丁方。熊坂長範揃《くまさかちょうはんそろ》わねえと勝負ンなりやせん。ないか、丁方、どうした、丁方」

中盆の威勢に煽《あお》られ、「丁」「半」の声が怒号のように飛び交った。

その光景を、毛羽織を着た左内が隣室から唐紙を細めに開けて覗《のぞ》き見ていた。そばに貸元《かしもと》の矢切の勘兵衛が、神妙な面持《おもも》ちで控《ひか》えている。相撲取《すもうと》りのような大男だが、博奕は御法度《ごはっと》ゆえ八丁堀同心の前で畏まっているのだ。

「おめえん所の賭場は評判がいいなあ、イカサマをあまりやらねえからか」

「いえ、その、あまりじゃござんせん、滅多《めった》にで。いやいや、ほとんどやりませんです」

「まあいいやな、博奕にイカサマはつきもんだからよ。そのうちでっけえ蔵が建つんじゃねえのか」

「ご冗談を」

勘兵衛がすり寄って、左内の袖の下に金包みを落とした。袖の下を平然と受け取るのが左内なのだ。

左内はその重さを量《はか》るつもりか、ちょっと袖をたくし上げて、

「どこにいる、呉竹屋ってな」

「へっ、呉竹屋さんでござんすか？　半方の列の一番奥でさ」

勘兵衛に言われ、その男を左内は見やる。

呉竹屋文吉は三十半《なか》ばか、旦那然とした貫禄《かんろく》を具《そな》え、なかなかの男前で、血気盛んな様子が窺《うかが》える。羽織や小袖も上物を着ている。

「札差の森口屋はどこだ」

「はあて、今日は森口屋さんはお見えンなってねえようで」

勘兵衛は角を隠した鬼《おに》のように、殊勝《しゆしよう》げに答える。

「ふうん、そうかい」

その時、並いる客の顔ぶれをつぶさに見ていた左内の目が、ある女に釘付《くぎづ》けになった。それは茄子紺《なすこん》の小袖を粋《いき》に着こなした夢路であった。

「お、おい、あの女はよく来るのか、貸元」

左内が指す夢路を、勘兵衛も見入って、

「さあ、初めて見るお顔でござんすねえ。どこのお人だろう」

夢路がどんな目的でここにいるのか、左内はそれが知りたくなって、

「よう、なんかつまむものはねえかい。小腹が空《す》いちまったぜ」

長引きそうなので腰を据《す》えることにした。

「わかりやした、只今鮨《ただいますし》を持ってめえりやすんで、ちょいとお待ちを」

立って行きかけ、勘兵衛は念のためにと、

「旦那、くれぐれも手入れはなさらねえで下せえやしよ。いけねえことは百も承知の上なんですから」

左内がにやっと笑い、重たくなった方の袖を振ってみせ、

「わかってらあ、おれがそんな野暮《やぼ》をすると思ってんのか」

「あ、いえいえ、念のために申し上げただけでして。旦那は酸いも甘いも噛《か》み分けた御方《おかた》でござんすよ」

卑屈《ひくつ》に笑って勘兵衛が去り、左内は夢路にじっと見入る。

夢路は呉竹屋文吉の真ん前に座し、素知らぬ風を装《よそお》って勝負に加わっている。時折

文吉に目をくれ、そこに何やら意を含んだ様子が窺える。しかし文吉に近づくつもりはないらしいから、夢路が何を考えているのか、左内はひっかかってならない。他の客のなかにこれといった不審な人物はいないので、夢路の狙いはやはり文吉しかいないようだ。

（何考えてやがるんだよ、いってえ……）

八

四つ半（午後十一時）頃に文吉は博奕を切り上げ、勘兵衛の家を出た。上客らしく、勘兵衛を始め子分衆が揃って見送る。

町駕籠《まちかご》が迎えに来ていて、文吉はそれに乗り込んだ。呉竹屋の屋号の入った提灯を手代二人が持ち、それに用心棒の浪人が二人、つきしたがう。

一行が動きだすと、夢路が追って現れ、尾行を始めた。

少し行ったところで、路地から不意に手が伸び、夢路が引っ張り込まれた。左内だ。

夢路はハッとした顔になり、抗《あらが》う。それを左内が押さえつける。二人は無言で小さく争った。

「旦那、邪魔しないで下さいまし」

夢路が左内を睨《にら》み、小声で言う。

「なんの邪魔だ。呉竹屋文吉をどうにかしようとしているのか、おめえさん」

「その逆ですよ」

「わからねえな」

「あたしは呉竹屋を護《まも》ってるんです」

夢路が左内から離れ、駕籠の一行を追って駆けだした。

左内はその後を追って走りながら、あくまで声を落として言う。

「益々《ますます》わからねえぜ、話が見えるように言ってくれよ」

夢路が歩を止めずに答える。

「呉竹屋はあたしにとっちゃ縁も所縁《ゆかり》もない人ですけど、九頭龍から狙われてるんです」

「殺しを頼んだな誰だ」

「そんなことわかるわけないじゃありませんか。まっ、あれだけ派手《はで》にやってればどっかで人の怨みを買ったんでしょうよ」

「おめえさんの狙いは、呉竹屋に近づいて来る九頭龍の刺客《しかく》だな。そいつらの行方《ゆくえ》をつかんで、ご本尊《ほんぞん》に辿り着きてえ。そうだろ」

「それは、まあ、いつもながらのご明察で」

苦々しいような夢路の口ぶりだ。

速度を弛《ゆる》めずに走りつづける。日頃の鍛練《たんれん》のせいか、二人はさすがに息は上がらない。

キーン。

前方で白刃の激突する音が聞こえた。

二人が同時に鋭く見交わし、駕籠の一行の方へ走った。

黒装束の刺客十人余が長脇差《ながどす》を光らせ、駕籠を襲撃していた。無宿者の寄せ集めのようだ。それに用心棒の浪人二人が応戦している。駕籠舁《か》きと手代たちが悲鳴を上げて逃げ惑《まど》い、その足許では提灯が燃え盛っていた。

駕籠の垂れを撥《は》ね上げ、呉竹屋文吉が落ち着き払った様子で降り立った。その手には材木屋らしく鳶口《とびぐち》が握られている。

刺客の数人が文吉にやみくもに殺到した。

喧嘩馴れしているのか、それとも武芸の心得でもあるのか、文吉が確かな手並で鳶口を振るった。刺客の口から絶叫が上がる。鳶口で手傷を負《お》わされたのだ。

左内と夢路が駆けつけて来て、戦闘の坩堝《るつぼ》のなかへ飛び込んだ。夢路はともかく、奇襲してきたのが同心とわかり、刺客たちが怖《おそ》れおののいた。

左内の十手と夢路の匕首《あいくち》が閃《ひらめ》き、襲い、圧倒された刺客たちが一斉に逃げ散って行く。夢路は左内に目顔でうなずき、刺客たちを追って行った。

文吉は鳶口を腰の後ろに差し戻し、浪人たちに向かって怪我《けが》の有る無しを確認し、大事ないとわかると、おもむろに左内の方へ向き直った。

「お役人様のお名前を」

「北町定廻りの布引左内だ」

「大変助かりやした。旦那は命の恩人でござんす」

文吉が深々と頭を下げ、

「こんな所じゃなんでございやす、ちょいとそこいらで」

「ちょっと待ってくれ、おれぁ連れを追いてえんだ。おめえのこたわかってっからよ、明日にでも顔を出すぜ」

夢路が気になってならず、左内は文吉の返事を待たずにその後を追った。

文吉は呆気《あっけ》に取られたような表情で、左内を見送っている。

九

永久橋《えいきゅうばし》を過ぎたところで、刺客の一団に追いついた。彼らの足が止まったので、夢路は物陰に飛び込んで見守る。

長羽織を着て覆面をした男がどこからともなく現れ、刺客たちの前に立った。

夢路にはその男が誰かすぐにわかった。芝口屋万二郎だ。

万二郎は刺客たちから襲撃の首尾を聞いていたが、苦々しい反応になり、それでもふところから小判をつかみ出し、男らに与えた。

男たちがそれを押し頂き、去って行く。

「役立たずが」

万二郎が口汚くほざき、ぶらりと歩きだした。

固唾《かたず》を呑んで見ていた夢路が何やら思案をめぐらせ、物陰から出て万二郎に寄って行こうとした。

すると背後から腕が伸び、追いついた左内がそれを止めた。夢路は再び物陰へ引っ張り込まれる。

「今宵はよくよく旦那に引っ張り込まれる晩なんですね」

夢路は皮肉を籠《こ》めて言うが、左内が無言のまま一方を顎《あご》でうながした。

四つの人影が闇のなかから現れ、万二郎へ油断なく寄って行ったのだ。

万二郎が気配に気づき、鋭く見返って脇差《わきざし》に手を掛けた。だがその時には遅く、四人は猛然と襲いかかり、万二郎に兇刃《きょうじん》を振るったのである。一方的に攻め込まれ、万二郎の躰に四方から白刃が刺突《しとつ》された。

「あうっ」

大きな躰を仁王立《におうだ》ちさせ、万二郎はゆらゆらとしながら虚空《こくう》をつかんでいる。四人が一斉に退き、万二郎の末路に見入った。やがて大木が倒れるように、万二郎はその場に頽《くずお》れ、動かなくなった。

四人はそれを無言で見届ける。月明りが権松《ごんまつ》、千代吉《ちよきち》、お染《そめ》、お国《くに》の顔をくっきりと照らしだした。権松が万二郎に馬乗りになり、念入りに止《とど》めを刺す。目的を果たすや、四人は消え去った。

左内と夢路は言葉もなく、暗然たる思いで見交わした。

十

本八丁堀五丁目、稲荷橋《いなりばし》の袂にある居酒屋『たぬき』へ二人してやって来た。店主の婆《ばあ》さんは、今宵は空樽《あきだる》に掛けて居眠りをしている。

それも馴れっこで、というより都合がいいから、左内と夢路は奥まった床几に陣取ってやりだした。

夢路が勝手に厨《くりや》へ入って、酒を調達してきて、左内と酌《く》み交《か》わしながら、

「何がどうなっているのか、わからなくなってきました」

左内が深い溜息《ためいき》をつき、

「同感だな、もはや予想もつかねえや」

「仲間割れなんでしょうか」

「そうにゃ違えねえんだろうが、それもまたちょっと違うような……」

「どういうことなんです」

「問い詰めねえでくれよ。おれにもさっぱりなんだ」

左内が苦笑いをする。

夢路は考えを深くして、

「万二郎を手に掛けたのは古唐子屋の連中でした。今右衛門を除いた番頭権松、手代千代吉、女中お染、お国です。どれもがもっともらしい世間体《せけんてい》を装っていますけど、正体は殺し屋なんです。これまで万二郎は古唐子屋の仲間と思っていたのですが、そ

れがああして襲われたとなると、考え直さなくちゃいけませんね」

「どう考え直すんだ」

「誰が万二郎殺しをさせたと思いますか」

「よせよ、見当もつかねえぜ」

「あの人たちは生きていても害しか及ぼさない連中です。勝手に殺し合いをして滅びるのなら、それはそれで結構じゃありませんか」

「冷てえ言い方だな」

「温情がいりますか、人殺しに。わたしも含めてですけど」

おのれに対しても容赦《ようしゃ》のない、夢路の言い方だ。

「ま、まあ、そこまでわかってんなら文句は言わねえよ。けどよ、なんつったらいいのかなあ……」

「なんです」

「おめえさんて人がよくわからなくなってきたぜ」

「わかって頂かなくてもよろしいですわ」

「一等最初は万二郎の替え玉殺しだ。それを誰から請負《うけお》ったね」

「人でなしとして生きる輩《やから》ですよ」

夢路は相手の名をはぐらかす。

「どんな? それも温情のいらねえ相手なのか。いってえどこのどいつなんだ」

夢路は頑《かたくな》に黙っている。

「ついこの間、大鴉《おおがらす》の弥蔵《やぞう》に会ったぜ」

夢路の表情が動いた。

「おめえさんが九頭龍を目の敵《かたき》にするにゃそれなりのわけがある。以前に雇っていた小娘を奴らに殺されて、その怨みってことになってるが、そうじゃあるめえ」

夢路は無言を通している。

「おめえさんは別嬪《べっぴん》だから若く見えるよな、ちょっと見は三十前だ。ところが三十路《みそじ》も楽に越して、半ば近くってとこじゃねえのか」

「何を今さら。こんな所であたしの年を調べてどうするんです」

「つまりよ、殺されたお咲《さき》って娘っ子は、おめえさんの実の子じゃねえかと、おれぁそう踏《ふ》んだのさ」

夢路はじっと一点を見て、盃《さかずき》を口に運んでいる。

「違うかい」

夢路の沈黙がつづく。

「安楽寺《あんらくじ》へ行って調べてきたよ」

「……」

「墓石《はかいし》にゃこう書いてあった。俗名咲、享年《きようねん》十三とな。ピンときたぜ。そっから考えるによ、おめえさんが産んだ子なんじゃねえかと思った。寺の和尚《おしよう》に聞いても、詳しいことは何も知らねえと言う。けどあの墓はおめえさんが建てたことがわかった。みなし子じゃあるめえし、雇いの小女如《ごと》きの墓を、いくらなんでも赤の他人のおめえさんが建ててやるものか」

夢路は急に激昂《げつこう》し、表情を歪《ゆが》める。追い詰められたような目できりりと左内を睨んで、

「そんな、旦那、人の内緒事《ないしよごと》を暴《あば》き立てないで下さいまし」

「しょうがねえだろ、それがおれの仕事なんだから」

「だ、だからって」

夢路の顔色をじっと観察していた左内が、得たりとなって、

「図星《ずぼし》なんだな、やはり。そうなるってえと話は違ってくらあ。おめえさんは人殺しで飯を食ってる女なんかじゃねえ。わが子の仇討《あだうち》をしてるんだろう、だから九頭龍の奴らを根絶やしにしてやろうと。それならおめえさんのやってるこた筋が通っている。

通詞《つうじ》の娘って聞いたが、武門の出なら仇討は罪にゃ問われねえ」

夢路は立て続けに酒を飲む。やがて押し殺したような低い声でぽつりと言った。

「旦那のおっしゃることを違うとは言いません。でも詳しい経緯《いきさつ》は今は言えないんです」

「だったらいつ言うんだ、ここで洗い浚《ざら》い言っちまってくれよ。こちとらすっきりしてえんだ」

左内の語気の強さに、夢路はたじたじとなって溜息をつく。

「……敵《かな》いませんねえ、旦那には」

「うん、うん、そうこなくっちゃいけねえやな」

左内は身を乗り出し、聞く態勢になる。

夢路が語りだした。

「通詞をやっていた父親の名を、村上貞山《むらかみていざん》と申します。それ以前は作州《さくしゅう》浪人でした」

「そうかい、やっぱり武家だったんだな」

「はい。父は語学に長《た》けて評判もよく、異人たちに重宝がられておりました。長崎奉行殿とも親交があり、数いる通詞のなかでも貞山は一番と言われていたのです。わたし自身、阿蘭陀国《オランダこく》の異人たちに可愛《かわい》がられました。ところが……」

「ところが、どうしたい」

夢路は暗い目を落として、

「貞山は外面《そとづら》と内面《うちづら》を使い分ける人でした。家に帰れば暴君と化し、毎日わけもなく母に乱暴する男だったのです。時にはわたしにも拳《こぶし》が飛んできました。外面を保つためにはどこかに捌《は》け口《ぐち》が欲しかったのだと思います。母は父の折檻《せっかん》のためにいつも足腰を傷《いた》め、まともに歩けないような躰になってしまいました。父を呪《のろ》う母のつぶやきを、わたしはくる日もくる日も聞いて育ったのです」

今度は左内が黙りこくった。

「わたしが十八になった時、とうとう堪忍袋《かんにんぶくろ》の緒《お》が切れました」

左内が夢路を強い目で見た。

「異人館でもてなしを受け、酔って帰る父をわたしは待ち伏せし、出島《でじま》から海へ突き落としたのです。真冬の海へ落ち、父はひとたまりもなく暗い闇の波間のなかへ消えて行きました。あんな胸のすく思いをしたことはありません」

「それからどうなった」

「父は不覚の死ということで片付けられ、誰にも怪しまれることはありませんでした。暫くはお奉行所の世話になり、一年ほど出島で暮らしておりましたが、そのうち母が躰を壊して呆気なくあの世へ。長年父に傷めつけられたことが元であることは明らかでした」

「そ、それにしても、おめえさん」

「わたしは母を救ったのだと思い、父を弑《しい》したことへの償《つぐな》いなど、考えようともしませんでした」

「これでよかったと、今でも思っているのかい」

「はい、それは変わっておりませぬ」

左内をまっすぐに見て、夢路は言う。

「おっ母《か》さんが亡くなって、おめえさんはどうしたんだ」

「長崎を出て、たった一人で諸国をさまよい歩きました。路銀が心許《こころもと》ないので宿坊《しゅくぼう》に泊まらず、時には野宿を余儀なくしたことも。やがて京の都に着到したものの、木賃《きちん》宿《やど》で熱を出して苦しんでおりましたら、旅の医者と出会ったのです」

「わかったぞ、それが九頭龍に殺されたお咲の父親なんだな」

「はい」

「その医者とは添《そ》い遂《と》げられなかったのか」

夢路はうなずくも、暫《しば》し考え込む。

「どうなったんだ」

「結句《けつく》は旅の途中で別れることに……父殺しの顚末《てんまつ》を打ち明けると、その人は急にわたしから離れるようになったのです。それもやむなしと観念しました」

「辛《つら》かったろ、そいつぁ」

夢路は目顔で肯定《こうてい》し、

「身籠《みご》もったことは江戸へ出て来てから知りました。闇に葬《ほうむ》るのは嫌だったので、娘を産み、一人で育てたのです」

「女一人で、活計《たつき》の方はどうしたい」

「これも妙な巡り合わせでした。夜道で九頭龍の刺客に襲われている十文字屋嘉兵衛《かへえ》を助けたのです。そこで気に入られ、活計の世話を受けることになりました」

「十文字屋嘉兵衛が堅気《かたぎ》じゃねえってことはわかっていたのか」

「はい」

「おめえさん、奴に見込まれたんだな。それで人殺しの道へ」

「嘉兵衛は人でなしです。わたしは好きになれませんでしたが、生きてゆかねばなりませぬ。父親殺しから端を発して、怖いものは何もなかったのです」

「そうだな、おめえさんは女にしちゃ度胸もよさそうだものな。人殺しが合ってたってことか。今まで何人がとこ手に掛けた」

夢路は強い目を向けると、

「あえて申し上げますが、旦那、わたしが手を下したのは十文字屋をつけ狙う九頭龍の連中ばかりです。芝口屋万二郎も九頭龍なのです。ですから堅気の衆は一人もやってはおりません。九頭龍の殺しを請負ううちに、奴らの仕返しを受けて娘を……お咲を死なせてしまったのです」

夢路の目にみるみる泪《なみだ》が溢《あふ》れ出た。

「泣くに泣けねえじゃねえか、そいつぁ」

「ですからもう十文字屋とは手を切るつもりになっていました、万二郎殺しを最後にしようと。でも紅葉屋《もみじや》で狙ったところが、影武者だったのです」

夢路が手拭《てぬぐ》いで目頭を拭う。

「なんだったんだ、あの影武者ってな」

「芝口屋は三人兄弟なんです。伊助《いすけ》、万二郎の下に、三男がおりました。影武者は万二郎と瓜二《うりふた》つの弟なんです。万二郎の方も十文字屋につけ狙われていることがわかっていましたから、三男を自分そっくりに仕立て上げ、泳がせていました。それを見破れずにわたしは三男を」

「だがついさっき、次男の方の万二郎は古唐子屋の連中にやられちまった。あれをどう見る」

「それをこれから調べようかと」

「待て、そいつぁおれがやる。おめえさんはもう手を出すな」

「いいえ、これはわたしがやらねば。奴らを殲滅《せんめつ》させ、濁《にご》った巷《ちまた》の風を清めたいのです」

その目に揺るぎのない決意を見て取るや、左内は不安が突き上げてきて、

「思い通りになったら、その後はどうするつもりなんだ。まさか死ぬ気じゃあるめえな」

「その後のことはまだ何も考えていません」

「本当か」

「はい」

左内はふっと力を抜くようにして、

「影武者の万二郎を仕留めたところを、おれの伜《せがれ》に見られちまったんだよなあ」

夢路は微《かす》かに笑って、

「人のご縁なんて本当にわからないものですわね。その坊太郎ちゃんの父君が旦那だ

ったんですから」

「ふン、まったくもって妙な気分だぜ」

二人が気配にハッと見やると、店の婆さんが寝起きのぼんやり顔で小上がりの前に立っていた。

「いつ来たんだい、おまえさん方。起こしてくれなくちゃ困るじゃないか」

左内は慌てる。

「あっ、すまねえ、おめえさんがあんまり気持ちよさそうに寝てたもんだからよ、気を利かせちまったんだ。悪いがもう一本つけてくれねえか。それ飲んでけえらあ」

「初めてのお客さんですよね」

左内が唖然《あぜん》となって、

「憶《おぼ》えてねえのか、おれのこと。ここにゃ何遍《なんべん》も来てるんだぜ」

婆さんは何も答えずに厨へ去った。

十一

呉竹屋文吉は間取図の紙片を両手で引き延ばし、じっと見入ると、

「間違いござんせんね。こいつぁ正真正銘あっしン所の間取図ですよ」

目の前の左内に言った。

翌日、材木問屋の呉竹屋を左内が訪ね、人払いがなされて、奥の間へ通されたものだ。

「どうしてこれが外へ漏れ出たと思うね」

左内の問いに、文吉は答える。

「へえ……この家は古いもので、あっしの代になって建てたもんじゃござんせん。居抜きで買ったわけでして、棟梁《とうりよう》の名めえも知らねえんで。ですから間取図が外に出るはずはねえんですが」

「しかしこうして他人が持っていた。どっかにおめえの命を狙ってる奴がいて、殺しにへえるつもりなのかも知れねえぞ。用心棒は何人いるんだ」

「今のところ五人です。いずれも選《よ》りすぐりの一騎当千《いつきとうせん》でござんすよ」

「そいつも妙な話じゃねえか、堅気の商人がなんだって五人も用心棒を抱えているんだ」

「荒っぽい稼業なんですよ、材木屋は。呉服や小間物屋とは違って、きれいごとは言っちゃいらんねえんでさ」

「ふうん、そんなものかい。刺客どもが大勢で押し寄せて来たらどうする。女房や子はどっかほかへやった方がよかねえか」

「さいでござんすねえ、考えてみやすよ」

「そうしな。おめえはともかく、家族に罪はねえもんな」

文吉が聞き咎め、キラッとなって、

「妙な仰《おお》せじゃござんせんか。旦那はこのあたくしに罪でもあると」

「何かなきゃこんなことにゃならねえだろ。おめえは気づかなくとも、泣いてる人がいるのかも知れねえ」

「どうかご勘弁を。何遍も申しやすが、あっしは誰も泣かしちゃおりやせんよ」

「まっ、ならいいやな」

「ご心配頂いてどうも恐縮でござんす。これは些少《さしょう》ですが」

金包みを左内に握らせた。

左内はそれをやんわり押し返し、

「いや、よしてくんな。おれぁこういうものは受け取らねえことにしてるんだ。気持ちだけ貰っとかあ」

あっさり言って出て行った。

袖の下専門で生きていても、心を許せぬ相手からは鐚一文貰わないのが左内の信条

だ。こういうこともひとつの信頼関係で、商人などから袖の下を貰えば、役人として
その家を護らねばならない。ひとつ間違って商人に問題が生じた時、たちまちこっち
に飛び火するし、おのれの立場も危うくなる。

表向きは昼行燈《ひるあんどん》としてぬくぬくを装って生きるには、それなりの裏の配慮《はいりょ》もあるの
だ。

呉竹屋を出て町内を行き、辻を曲がった所に茶店があった。そこの床几に大鴉の弥
蔵が掛けていた。笠《かさ》を目深に被《かぶ》っている。

左内が来てその隣りの床几に掛け、応対に出た爺《じい》さんに甘酒を頼む。

「すまねえな、働かせちまって」

左内があさっての方を向いて言った。

弥蔵は苦笑混じりに紫煙《しえん》を吐きながら、

「気にするな、いつものことじゃねえか」

「で、どうだい」

「呉竹屋文吉はちょいと変な野郎だぜ」

「どこが変なんでえ、至極《しごく》まともに見えるがな」

意外な顔になって左内は言う。しかし内心はそうではなく、根拠はないものの、文

吉に不審を持っていた。

弥蔵がつづける。

「初代の呉竹屋、つまり文吉のお父《と》っつぁんの治助《じすけ》だが、何年かめえに卒中で倒れて寝たり起きたりの暮らしをしているようだ。世間体じゃ初代を継いで文吉が店を大きくしたってことになってるんだが、そこんところがどうにもなあ」

「どうにもなんだ？　おめえ、歯にものでも挟まってんのか。はっきり言いやがれ、この盗《ぬす》っ人《と》野郎が」

「そういう言い方はよろしくねえんじゃねえのか、袖の下の旦那」

爺さんが甘酒を運んで来て、左内は慌てて取り繕《つくろ》って笑みを浮かべる。爺さんが去るとすぐに毒づく。

「そういうよくねえ言い方はやめろ。こっちだって考えて袖の下を取ってるんだ。いいから、早えとこ知ってることを明かしやがれ」

「十年くれえめえになるようだが、初代の呉竹屋治助にゃ新助《しんすけ》って倅がいた。気性も明るく、仕事もよくできて申し分のねえ倅だったらしい。それがある時、思わぬ災難に遭《あ》っておっ死《ち》んだんだとよ」

「どんな災難だ」

「材木が倒れてきて、その下敷きになったのさ」

「なんで、そんな」

「材木の留めが弛んでいたとしかわかってねえ。初代治助の嘆《なげ》きはてえへんなもんだったと聞いたぜ」

「それで、呉竹屋はどうやって立ち直った」

「そこだよ」

「どこだ」

「遠縁か何か知らねえが、今の文吉がどっかからやって来て、二代目に収まったんだ。どうしてそうなったかは、治助にしかわからねえ」

「で、文吉の仕事ぶりはどうなんだ」

「見ての通りよ。文吉はやり手でどんどん店を大きくしていった。養子にへえってから女房子も持って、今は飛ぶ鳥を落とす勢いよ」

「素性《すじよう》を知りてえもんだな、文吉の」

「そんなものは知る必要がねえだろ。男は仕事ができりゃいいんだからよ」

「そうはいかねえぜ」

「なんだと」

それ以上は何も言わず、左内は仏頂面《ぶっちょうづら》で茶店を後にした。

十二

瀬川竹之丞《せがわたけのじょう》は市村座《いちむらざ》の千両役者で、人気、実力共に今や絶頂期にあった。四十前の男盛りでしかも美男ゆえ、女関係が派手なのである。あちこちに妾宅《しょうたく》を持っており、葺屋町《ふきやちょう》に住む本妻とは諍《いさか》いが絶えない。

それで本妻の目を避け、新しい女のお浪《なみ》には八丁堀界隈《かいわい》の越前堀《えちぜんぼり》に一軒構えさせた。お浪は元は吉原芸者をしていたが、竹之丞といい仲になって落籍《ひか》され、妾《めかけ》として従順に仕えている。二十半ばの婀娜《あだ》な女である。

その晩も小屋がはねると、竹之丞はいそいそと越前堀へ向かった。人に顔を見られたくないから、絹ものを被って面体を隠している。世を忍ぶこんな時でも色気を忘れないのは、役者として身に沁《し》みついた性《さが》だ。

刻限は暮れ六つ（午後六時）を過ぎたばかりで、まだ人通りも少なくなかった。

家の格子戸《こうしど》を開けたとたん、竹之丞の顔が強張《こわば》った。三和土《たたき》に数人の男女の履物《はきもの》が脱《ぬ》ぎ散らかしてあったのだ。座敷の方から笑い声も聞こえる。

来客があるとは聞いていないから、竹之丞は面食らってしまった。お浪の身内でも来ているのか。そんな身内の話は聞いたことがなかった。

竹之丞が突っ立ったままでたじろいでいると、様子を察したお浪が奥から現れた。

「おまえさん、お身内さんにここを教えたのかえ」

お浪が言うから、竹之丞は戸惑って、

「なんのことだい。誰にも教えてないよ。それにおまえ、あたしには身内なんかいないって知ってるじゃないか」

親兄弟や身内には縁の薄い男だった。

「でも遠い親類の人たちが押しかけてきて、おまえさんとここで会う約束をしてるって。それで仕方なくお酒を出してもてなしていたんだよ」

「そ、そんな話があるものか。帰って貰いなさい」

「そんなことできやしませんよ」

「いいよ、あたしが言うから」

竹之丞が腹立たしく上がって行き、奥の間の唐紙を開けると、そこで権松、千代吉、お染、お国が宴会を開いていた。

「誰だい、おまえさんたちは。呼んだ覚えはないよ」

気色《けしき》ばんで竹之丞が言った。

って取り囲んだ。

「大立者《おおだてもの》の瀬川竹之丞さん、あたしらを見忘れかね」

権松が言うと、千代吉たちが一斉に下卑《げび》た笑い声を上げ、竹之丞に寄って車座にな

竹之丞は薄気味悪いものを感じ、居丈高《いたけだか》になって、

「なんだね、いったい。見忘れたも何も、今日初めて見る顔ばかりじゃないか。勝手に人の家に上がり込んでなんのつもりだい。人を呼ぶよ」

権松が竹之丞にすり寄って来て、酒臭い息を吐きかけながら、

「妾のお浪のことが女房に知られてもいいのかい。また大喧嘩だ。世間のいい笑いの種だな。表沙汰《おもてざた》ンなって困るのはそっちだろうが」

「そんなことで人をゆするってんなら構やしない。やってみろってんだ。あたしの身内だなんて嘘《うそ》っ八《ぱち》を言って、金を取ろうってえ魂胆《こんたん》かえ」

「取るのは金じゃねえ、おめえの命だ」

権松が竹之丞に飛びかかって押し倒し、その首に手拭いを巻きつけ、力の限りに締め上げた。

千代吉、お染、お国がその周りに群がって嬉々《きき》として見守る。

「あっ、ううっ、何をするんだ。どうしてあたしの命を」

竹之丞が必死で抗い、半身を起こして権松と争う。場所が入れ代り、権松は唐紙を背にした。

「浮世のどっかにおめえに死んで貰いてえ人がいてな、大枚を払ってこちとらに殺しを頼んできたのさ」

「い、いったい誰が、ああっ、苦しい」

もがき苦しむ竹之丞を、権松がここを先途《せんど》と締めつけた。

ところが突然、権松の形相《ぎょうそう》が一変し、呻《うめ》き声を漏らした。何が起こったのかと、千代吉たちが血相を変える。

唐紙の隙間《すきま》から匕首が突き出され、権松の背を深々と刺し、心の臓まで達したようだ。権松が前屈《まえかが》みに倒れ、夥《おびただ》しい血を流す。

「畜生、誰だい」

千代吉が吼《ほ》えて、お染らと一斉に立ち上がった。

唐紙が静かに開くと、そこに立ったのは夢路であった。その背後にお浪が蒼白《そうはく》で取りついている。

夢路が千代吉たちを誘うように目で刺しておき、身をひるがえした。

兇暴《きょうぼう》な獣になって三人が夢路を追った。

「おまえさん」

お浪が叫んで竹之丞に取りついた。

竹之丞は九死に一生を得てうなずいてみせるも、何がなんだかわからないでいる。

十三

辻から辻へ、路地から路地へ、夢路の影は百鬼夜行《ひやっきやぎょう》の妖怪《ようかい》が如くにして駆けめぐった。それを千代吉、お染、お国が牙《きば》を剝《む》いて追っている。

ここぞと思うと夢路は忽然《こつぜん》と消え、三人は血走った目で見廻し、やがて辺りに散らばった。

お国が匕首を手に、人けのない路地を油断のない目を走らせながら来ると、用水桶《ようすいおけ》の陰から夢路が姿を現し、ぶつかって来た。

「うっ、あんた」

声にならない声でお国が叫んだ。その首筋が夢路の匕首で斬《き》り裂かれた。

お国は突っ立ったままで鮮血に染まり、みるみる生気を失ってゆく。そして遂《つい》に倒れ伏した時、お染が駆けて来た。

すかさず夢路が突進し、お染の胸を匕首で刺した。「ひいっ」と叫び、お染は倒れて絶命する。女二人の死を確かめ、夢路は一人ずつ足首を持って路地の奥へ骸を隠す。お国につづき、お染の骸を隠しおえたところでハッとなった。

ヒタ、ヒタ、ヒタッ……。

足音が路地へ入って来た。

夢路は再び用水桶の陰に隠れ、匕首を握りしめた。殺意を集中させ、匕首を握りしめて飛び出しかけた。ところが夢路が「あっ」となった。

それは寺子屋帰りの坊太郎だったのだ。紐《ひも》で括《くく》った往来物《おうらいもの》（教科書）を抱え持っている。

坊太郎はすぐに夢路に気づき、仰天《ぎょうてん》した。

「夢路殿ではありませぬか。こんな所でお会いできるとは。どこでどうしておられましたか」

夢路はとっさに匕首を帯の後ろに隠して、

「あんた、なぜここへ」

「組屋敷への近道なのです。学友と遊ぶうちに時が過ぎてしまい、慌てて帰るところなのです。夢路殿こそどうして」

夢路は不安で落ち着かぬ気持ちになり、すばやく辺りを見廻す。千代吉に見つかったらお陀仏《だぶつ》だ。

「う、うん、ちょっとね、早くお帰りな。また今度ゆっくり」

早口で囁《ささや》いた。

「そうはゆきませぬ。折角久しぶりに会ったのではありませぬか」

「あんたと話している暇はないの」

「今はどこにお住まいなのですか。わたくしにだけ教えて下さい」

「遅くなると母上が心配するわよ、それに父上だって」

「父上は近頃探索することが多いらしく、なかなか組屋敷には戻って参りませぬ。それで使いの人が来ては、母上が着替えなんぞを役所や大番屋へ届けております。着たきり雀《すずめ》というわけには参りませぬゆえ」

定廻り同心は、毎日きちんと決まって帰宅するわけではないのだ。

さもありなんと思うが、夢路は気が気でなく、苛《いら》ついてきた。

「今度ゆっくりって言ってるでしょ、今日のところはお帰りな」

「わたしに会いたくなかったのですか」

「そんなことないわ、会いたかったわよ。でも今は都合が悪いの」

「夢路殿、あそこに人が」

坊太郎の指す方向に、千代吉の黒い影が立っていた。

「坊太郎ちゃん、ここはいいから行っちまっておくれ。後生だよ。後をも見ずに消えとくれな」

夢路の切羽詰《せっぱつ》まった様子に押され、坊太郎はこくっとうなずいて消え去った。

千代吉が匕首を手に近づいて来て、夢路と対峙《たいじ》した。

「おめえ、やってくれたなあ、よくもおれの仲間を」

「さあ、お出で、掛かってお出で。あんたなんか怖くないよ」

身構えた夢路がギクッとなって佇立《ちょりつ》した。

背後に立った今右衛門が、夢路の首の後ろに刃物を押し当てたのだ。

十四

その晩、坊太郎は夜具に入ってもなかなか寝つけなかった。

遅くに組屋敷へ戻り、心配に心配を重ねた田鶴にこっぴどく叱られ、わけを聞かれて学友の杉崎数馬《すぎさきかずま》に引き止められたせいにし、ひたすら謝った。

ようやく許しが出て、田鶴と共に遅い夕餉《ゆうげ》を囲んだ。食べないで待っていてくれた田鶴に、坊太郎は心で手を合わせた。それから内湯に入り、寝巻に着替えて床へ入ったが、気が昂《たかぶ》って寝つけないのだ。

うとうととしかけた時、左内が帰って来た様子が伝わってきた。それを待ち望んでいたから、坊太郎は布団の上に正座して待った。

やがて左内が顔を出した。

「よっ、元気にしてたか」

「母上はどうしていますか」

「今、湯にへえったぜ」

「よかった、父上に話があります」

「なんだよ、手短に言ってくれ。おれも湯にへえりてえんだ」

「それどころではありません」

「なんだ、どうした」

「帰る途中で夢路殿に会ったのです」

左内の顔色が変わった。

「どこで会った」

「越前堀の近くです。でも夢路殿は妙な感じだったのです」

「どう妙なんだ」

「顔は見えませんでしたが、黒い人影がちらほらしていて、尋常《じんじょう》ではありませんでした」

「夢路殿はおまえになんと言った」

「わたしに見られたくないらしく、早く帰れと言われました」

「それだけか、それでおまえは帰ったのか」

「帰るふりをしました」

「おお、さすがにおれの倅だな。早くその先を話せ」

「夢路殿は男二人に囚《とら》われ、どこかへ。年寄と若い人でした」

「後をつけたのか」

坊太郎がうなずき、

「ご存知《ぞんじ》でしょうか。富島町《とみじまちよう》一丁目に、この間火事で焼けた讃岐屋《さぬきや》という繰綿問屋《くりわたどんや》があります」

「おう、知らいでか。家《いえ》の子《こ》郎党《ろうとう》はほかへ仮住まいとなって今は誰も住んでねえはずだ」

「夢路殿はそこへ連れて行かれました。わたしは心配でなりません。でもこれ以上は無理なので帰って来たのです。母上に叱られましたが、本当のことは言っておりません」

「でかしたぞ、坊太郎。よくやった」

左内が急ぎ立ち上がった。

「夢路殿を助けに行かれるのですか」

「こういうのをな、義を見てせざるは勇なきなりってんだ」

「論語《ろんご》ですね。寺子屋で教わったばかりの言葉です。正しい行いがわかっているのにできないのは臆病者《おくびょうもの》だという意味ですよね。わたしもお手伝いしましょうか、父上」

「何を言う、おまえは明日があるから寝なくてはいかん。母上にはうまく言っておいてくれ」

十五

繰綿問屋の讃岐屋は半焼で、あちこちが焼け落ちて無残な有様だったが、奥の間の大広間はきれいに残っていた。

その座敷のど真ん中に、夢路は後ろ手に縛られて座していた。

今右衛門と千代吉が前に座って、夢路を睨みつけている。

「おめえ、なんだっておれたちを目の敵にするんだ。怨みでもあるってか」

今右衛門が言うと、夢路はカッと目を上げて、

「もちろんさ。おまえたちの一味に大事な娘を嬲《なぶ》り殺しにされたんだ。だから九頭龍の傘《かさ》の下にいる奴らは、見境なく息の根を止めてやろうと思っているのよ」

千代吉がぐいっと顔を寄せ、

「それじゃ何か、十文字屋の仇討じゃねえってのか。おれぁてっきりそう思ってたんだ」

「十文字屋とは持ちつ持たれつでやってきたわ。けど多少の恩義はあっても、仇討をしようとまでは思っちゃいない。おまえたちを皆殺しにすれば、娘が帰って来るような気がしてね」

嘯《うそぶ》く夢路を、今右衛門はせせら笑って、

「どうだい、ここいらで心を入れ替えちゃ」

「何を言いたいのさ」

「おめえほどの腕なら高値で買うぜ。今のおめえはお先真っ暗で、道にはぐれちまったみてえじゃねえか」

「そんな言い草、このあたしが真に受けると思うのかえ」

「おめえしでえってことよ」

「ふうん、どうすりゃいいんだい」

「やる気になったようだな」

今右衛門の顔を、夢路は強い目で見返している。

「父っつぁん、こんな女を仲間に入れるこたねえぜ」

「おめえは黙ってろ」

「たった今、権松さんや娘二人を手に掛けられたんだぞ。この女が憎くねえのかよ」

「あいつらは所詮《しょせん》そこまでの命だったのさ。おれぁ惜《お》しいとは思っちゃいねえ。それよりこの女の腕をおれぁ買いてえんだ」

今右衛門が夢路の顔を覗き込んで、

「どうでえ、悪い話じゃあるめえ」

「おまえさん方の上に会わせとくれな。いるんだろ、黒幕が」

夢路の言葉に、今右衛門は疑わしくも探るような目をくれて、

「まだ会わせるわけにゃゆかねえよ。おれたちの仲間にへえるんなら、それなりの証《あかし》を見せて貰いてえ」

「まさか、さっきの」

「ああ、瀬川竹之丞をやってくれねえか。相手方からもう金を貰っちまってるんでな、

やらねえわけにゃゆかねえのさ」

「そ、そいつぁ……」

夢路は追い詰められた。九頭龍以外の人の命など奪うつもりはない。だがここで承知しなければ、話は振り出しに戻ってしまう。夢路自身が命の瀬戸際《せとぎわ》に立たされるのだ。


それから少しして、夢路が焼け跡から出て来た。町辻を抜け、河岸の道を暫し行く。

左内の黒い影がどこからか現れ、追って来て囁いた。

「気をつけろ、若えのがついて来てらあ」

「い、いつから」

「焼け跡に忍び込んで話は聞いたぜ。この先に停《と》めてある舟ンなかで、ちょっくら話そうじゃねえか」

「でも旦那、わたしの行く先をどうして知ったのです」

「伜の機転だよ。おめえさんに帰れと言われたが、しんぺえンなって後をつけたんだと」

掘割の蘆《あし》の葉の下にうまいこと舟を隠し、左内と夢路が身を伏せて息を殺していると、千代吉が血走った目で探しながら来て、暗闇の舟の存在に気づかずに去って行った。

左内はホッとしつつも、夢路の息遣いを間近に感じながら、

「こうしてると、まるでおめえさんと道行きとしゃれてるみてえで、悪くねえ気分だぜ」

状況をわきまえずにのん気なことを言うので、夢路はつんとして身を放し、

「ンまっ、冗談を言ってる時じゃありませんよ、旦那。わたしは九頭龍の奴らから誘いをかけられたんですからね」

「わかってるよ、古唐子屋にいた今右衛門てえくそ爺《じじ》いだ。待てよ、今の若え奴のほかに番頭と娘っ子が二人いたはずだが」

「わたしが仕留めました」

左内が息を呑み、

「さすがだな、おめえさん」

「瀬川竹之丞の家には四人で来まして、そのなかの一人を捕えて九頭龍の首魁《しゅかい》のことを聞き出すつもりだったのです」

「なるほど、そういうことか。おめえさん、まさかそれを坊太郎に見られちゃいめえ

な」

　夢路は首を横に振り、

「大丈夫です。わたしだってそんなところを坊太郎ちゃんに見られたくありませんから」

　左内は安心してうなずき、

「奴らから誘いをかけられたって言うが、けどあれだろ、どうせ狙いがあっておめえさんの方からそう仕向けたんだろ」

「ええ、そりゃまあ。九頭龍の首魁に一歩近づいたような気がして、実はぞくぞくしてますのさ」

「どうするんだ、瀬川竹之丞を手に掛けなくちゃならねえんだぞ」

「そこなんです、お力を拝借《はいしゃく》できませんかしら」

「わかった、その話を盗み聞きしてる時におれの頭に浮かんだことがあるんだ。任せな」

「どうするんです」

「死んで貰うのよ、瀬川竹之丞にゃ」

「何言うんですか、旦那。わたしは九頭龍以外の殺しはしませんて」

「しなくていいよ、おれがうめえこと取り仕切っからよ」

「信じていいんですね」

「おれとおめえさんの仲じゃねえか」

「あ、いえ、そう言われましても……」

夢路の心は複雑だ。

「だんだん幕引きに近づいてきたような気がするぜ。闇ンなかで蠢《うごめ》いてる殺し屋どもを、片っ端からぶっ潰《つぶ》してやるのよ」

「はい」

「それにしてもおめえさん、おれの伜とよくよく縁があるんだな。暗え路地裏でばったり出くわすなんてよ」

夢路がひっそりと笑って、

「使える男ですよね、坊太郎ちゃんて」

「そりゃもう、おれの伜だからな。日頃の教えが違わあ」

「でも旦那と知り合ってようございました。でなかったら、わたし一人じゃこうはうまく事が運びません。感謝しております」

そこで夢路は態度を改めるようにして、

「最後のひと踏ん張りと思って、どうかよろしくお力添えのほどを」

笑顔ながらも、目は真剣に左内が応《こた》えた。

しかし夢路への手助けも大事だが、左内にはどうしても調べておきたいことがあった。

遠く雷鳴が轟《とどろ》き、冬の嵐《あらし》の予感がした。

第五章　乙姫《おとひめ》消ゆ

一

　昨夜は大雨が降ったものの、一夜明けると冬晴れの佳《よ》き日になった。

　呉竹屋《くれたけや》治助《じすけ》は毛羽織を着込み、杖《つえ》を突きながら店を出ると、付き添うと言う店の者の親切を断り、一人で町へ出た。卒中で倒れ、躰《からだ》の自由が利《き》かなくなってからは老軀《ろうく》は衰《おとろ》えるばかりだった。

　いつもは気の塞《ふさ》ぐことが多いが、風もなく穏《おだ》やかなこんな日は多少は気も弛《ゆる》む。女房にも実の倅《せがれ》にも先立たれ、治助にはなんの楽しみもなかった。

　確かに呉竹屋は十年前より大きくはなったが、長いこと赤の他人の家に身を置いているようで、治助の心は落ち着かない。

　今の当主の文吉《ぶんきち》、女房やその子供たちも、治助は気に入らなかった。

　木曽《きそ》から江戸へ出て、艱難辛苦《かんなんしんく》の末に一代で呉竹屋を興《おこ》し、跡取《あとと》りの倅新助《しんすけ》もできて、十年前が治助の幸福の絶頂期だった。

それが新助が災厄《さいやく》に見舞われて落命したとたん、家運まで傾いたようになった。あまりの悲しみに治助は仕事に身が入らなくなったのだが、そんなところへ材木三問屋の伊吹屋《いぶきや》沢兵衛《さわべえ》から話があり、文吉という男を引き合わされた。使ってみてくれないかと言われたのだ。

材木三問屋とは川辺《かわべ》問屋、木場《きば》材木問屋、板材木熊野《いたざいもくくまの》問屋の三問屋のことで、彼らのほとんどがお上御用達《ごようたし》を務《つと》め、大変な権威があった。

文吉の話を持ってきた伊吹屋沢兵衛は、木場材木問屋の肝煎《きもいり》を務めており、その始祖は自費で深川《ふかがわ》木場を作った人物ゆえに、組合では一番幅を利かせていた。

まさかその伊吹屋の話を断るわけにはゆかないから、治助は文吉を受け入れた。だが使ってみると文吉には小才があって、仕事の呑《の》み込みも早く、使えるとわかって治助はひと安心した。

しかしそこにおのれの甘さがあり、治助は今でもそのことを悔《く》いている。

やがて文吉は大きな取引きを成功させ、呉竹屋を大店《おおだな》にのしあげたので、治助は養子縁組をしてさらなる発展を願った。最初は殊勝《しゅしょう》げだった文吉の態度が、何年かするとしだいに横柄《おうへい》になってゆき、気に入らない奉公人は治助が知らないところで姿を消していた。その奉公人は、強引な文吉の仕事のやり方に文句を言ったのだ。

大きな稲荷《いなり》があり、治助は境内《けいだい》へ入って躰を休めた。

遠くで童《わらべ》たちが輪になって遊んでいる。

治助の後を追うようにして、布引左内《ぬのびきさない》が姿を現した。ぶらりと治助の方へ寄って来る。町方同心がなんの用かと、治助は構える気持ちになった。

「北町で定町廻《じょうまちまわ》りをやっている布引左内というもんだ」

「あ、はい、手前は」

「呉竹屋治助だな」

「左様で」

「これを見てくれ」

左内がいきなりふところから呉竹屋の間取図を取り出し、開いて治助に見せた。

「こ、これは……」

「こいつぁおめえン所のもんだ。文吉にも見せて確かめた」

「どうしてこんなものが人の手に」

治助の顔色が変わっている。

「悪い奴《やつ》が持っていたのさ。それを取り上げたものなんだが、なんのためにこれを持っていたのかがわからねえ」

「まさか、盗《ぬす》っ人《と》がうちを狙《ねら》って」

「おれもそう思ったが違うみてえだ」

「それじゃ見当もつきません」

「文吉の話だと、用心棒の浪人を五人も置いているそうだな」

「はあ、確かに……」

「堅気《かたぎ》の商人の家にしちゃちょっとばかり多過ぎねえか。まるで喧嘩《けんか》出入りのある博奕《ばくち》打ちみてえじゃねえか」

「どうしてかあたしにはわかりません。あれとはろくに口を利きませんので」

「いつからそうなった」

「はっ？」

「文吉が実子じゃねえことは知っている。けどまがりなりにも世間体《せけんてい》は親子じゃねえか」

「そうなんですが……」

治助の口は重い。

「十年前によ、実子の新助が事故で死んでいるよな」

治助が辛《つら》い思いになって目を伏せた。

「それは言わないで下さいまし。思い出したくないんで」

「無理もねえ」

「あなた様はうちのことを何から何までご存知《ぞんじ》なんですか」

「呉竹屋、腹を割って話すぜ」

覚悟しろと言わんばかりの顔で左内が言って、治助を正視した。

治助は緊張して表情を引き締め、

「は、はい」

身構えるようにして返答した。

「十年も経《た》ってると、もはや何も証《あか》し立てするこたできねえ。だがおれぁ大胆な推測をしてみたんだ」

「はい」

治助が杖を放《ほう》り投げ、毅然《きぜん》として左内と向き合った。実を言うと以前から歩けるし、杖に頼る自分が情けなくてならなかった。卒中そのものは軽くて済んだはずなのだ。新助が生きていたなら、こんなみっともない姿は見せられない。

「おめえの伜の新助は何者かに手に掛けられたんじゃねえかと、おれぁそう思っている。どうだ、間違ってるか」

治助は言下に肯定《こうてい》する。

「いいえ、間違っちゃおりません。布引様、あたしも常々そう思っておりました。材木屋が材木の下敷きになったんじゃしゃれにもなりませんよ。それに新助はいつも動きが早くって、下敷きになるような間抜けじゃなかったんです」

「だったら倅はなんで死んだ」

「それは……」

治助は何か言いかけ、口を噤《つぐ》んだ。

「じゃおれが言ってやろう。殺されたんだ、新助は」

「だ、誰《だれ》にでございますか」

「おめえの偽者《にせもの》の倅だよ」

治助に驚きはなかった。予想外ではなく、的を射たようだ。

「けど布引様、もう何もかも遅うございましょう」

皺《しわ》くちゃの目許《めもと》を震わせて言った。

「そんなこたねえぞ。文吉の正体を暴いてやろうじゃねえか」

二

木場材木問屋肝煎の伊吹屋沢兵衛の家は、深川冬木町《ふかがわふゆきちよう》にあって、植木をめぐらせた豪壮な屋敷だった。

呉竹屋治助とおなじくらいの年だが、沢兵衛の方はでっぷり肥《こ》えて顔の色艶《いろつや》もよく、矍鑠《かくしやく》としている。

沢兵衛が庭園の大きな池の前に屈《かが》み、何匹もの鯉《こい》に餌《えさ》をやっていた。普段着姿だが、上物を着ている。

「その鯉は一匹どれくれえするんだ」

いきなり背後から声が掛かり、沢兵衛が驚いて振り返った。

どこから入って来たのか、左内がふところ手で立っている。

「お役人様がなんの御用でございましょうか。それに誰に断ってここへ」

「誰にも断る必要はねえだろ。お上の犬は臭《にお》いがすりゃどこにでもへえって来るんだぜ」

沢兵衛は鼻白んで立ち上がり、

「このあたしがきな臭いとでも言うんでございますか」

「ああ、プンプン臭ってならねえのさ」

「よその誰かとお間違いじゃござんせんか。そもそもあたしの先祖は、自腹で深川を切り拓《ひら》いて今の木場をこさえたんです。お上からは感謝こそされ、おまえ様のようにきな臭いなどと言われたことは只《ただ》の一度もございません」

「ご先祖様がどれくれえ偉えか知らねえが、おめえの代まで偉えとは限らねえじゃねえかよ。あるいは今の代で伊吹屋はぶっ潰《つぶ》れるかも知れねえやな」

沢兵衛は激昂《げっこう》する。

「何を馬鹿な。聞き捨てなりませんぞ。身のほどをわきまえなさい」

「おめえは伊吹屋の誉《ほま》れだけを後生大事に守って、真面目《まじめ》にやってりゃよかったんだ。それがなんでえ、妙なものに手を出しやがってよ、そんなことをするからきな臭えことになるんだぜ」

図星なのか、沢兵衛は視線を泳がせて、

「な、なんの話をしているんだ。確かな証《あかし》でもあるのかね」

「闇《やみ》の人入れ稼業だよ」

沢兵衛の表情が強張《こわば》った。

「誰にも知られたくなかったんだろ。ところがどっこいこっちの耳にへえっちまった。

そうなるってえと、只じゃ済まねえやな」

沢兵衛は努めて冷静を装《よそお》い、

「金ですか。けどおまえ様の言う通りにしたら、こっちの非を認めたことになっちまう。そうは問屋が卸《おろ》しませんよ」

「おめえが世話した奴らは、人別を持たねえ犯科人《はんかにん》ばかりだ。こいつぁつまり当たり外れがあるよな。外れの方が多いんだろうが、なかにゃ呉竹屋みてえに間違って当たりが出ることもあらあ。そういう時は何か、後日改めて口止めってえ名目で銭を貰《もら》うのかい」

「ふざけたことを言うもんじゃない、聞く耳持ちませんからね」

餌を放り投げ、沢兵衛が怒った足取りで母屋《おもや》の方へ向かいかけた。

その沢兵衛に飛びつき、左内が足を絡めてすっ転ばした。

沢兵衛はもろに倒れ込む。

母屋の廊下を来た店の者がそれを見て、慌てて身をひるがえした。

「あっ、何をなさいます。乱暴はおやめ下さい」

左内が馬乗りになって、沢兵衛の胸ぐらを取り、烈《はげ》しく揺さぶって、

「材木屋がなんだって裏渡世《うらとせい》に首を突っ込むんだ。悪党どもに手を貸してどうしよう

ってんだよ。てめえはこれまでもずっとそういうことをやってきた。なかにゃあな、盗っ人の手引き役もいたんだぞ。わかってんのか」

沢兵衛は手足をばたつかせて抗《あらが》い、

「誰か、誰か来ておくれ」

木場人足のあらくれが何人か、血相変えて駆けつけて来た。

「やい、木《こ》っ端《ぱ》役人、旦那《だんな》に何しやがる」

一人が吼《ほ》えてぶつかって来た。

左内がすばやく応戦して肘《ひじ》で男を打撃し、立ち向かう態勢に入った。

「このおれに指一本触れてみろ。捕えて寄場《よせば》送りにしてやるぞ。さあ、掛かって来い」

あらくれどもが気押《けお》され、たじろいだ。

沢兵衛が立ち上がり、左内を睨《にら》んで、

「真っ昼間からこの伊吹屋沢兵衛をゆするとは大した度胸《どきょう》じゃないか。どこのなんてえお役人か名乗りなさい」

左内は鼻で嗤《わら》い、役所と名を告げておき、

「話はまだ終わっちゃいねえんだ。あらくれどもに聞かしていいのか」

沢兵衛は茶室に左内を誘い、そこで二人だけになると妙に低姿勢になり、

「いったいどんなネタを握っているんだね、それを明かして貰おうじゃないか、布引様」

左内がにやっとなって、

「おれの名めえに様がついたか、こいつぁいいや」

憤怒《ふんぬ》を押し隠し、沢兵衛は左内をじっと見ている。

「さっき話に出た呉竹屋の件だ」

急に左内が口調を変え、沢兵衛に迫った。

「十年前に呉竹屋の実子が事故で死んで、その後におめえの世話で文吉って野郎がへえった。おれが知りてえのはその辺の経緯《いきさつ》だよ」

「い、経緯と言われても、あたしはただ文吉を世話しただけで、ほかには何も……後生だから信じておくれ」

「おれぁ文吉の野郎が新助を、死なせたと思ってるんだぜ」

「ええっ、とんでもない話だ。そんなことまであたしは知らないよ」

「じゃ文吉についちゃどんなことを知ってるんだ。有体《ありてい》に言ってみろ」

「初めに文吉はあたしに十両払って、それで呉竹屋入りを頼んできた」

「十両ってななんだ、決まりなのか」

「そうだ。その金は闇の人入れ稼業の決まりにしてるんだ。文吉が頼んできたのは、新助が死んですぐだった」

「どんな奴なんだ、文吉ってな」

「よくは知らないよ、在所も何も秘密にしていた。だからこっちもほかの奴ら同様に、それ以上のことは聞かないことにしている」

「先非《せんぴ》（前科）持ちであることは想像に難《かた》くねえな」

「あ、ああ、たぶん……けど詮索《せんさく》はしちゃいけないんだ。だからこその闇の人入れ稼業なんだよ」

「それじゃ新助殺しにおめえは噛《か》んじゃいねえんだな」

「冗談じゃない、そんなことを知っていたらいくらあたしでも手を貸さないよ。今じゃ文吉とは顔も合わさないんだ」

沢兵衛に嘘《うそ》はないようで、左内は見極めがつくや席を立ち、

「呉竹屋の一件が表沙汰《おもてざた》ンなった時、おめえは役人に呼ばれて詳しいことを聞かれる。どれだけ偉え材木屋の旧家であろうが、犯科に加担したこた免《まぬか》れねえ。首を洗って待

ってるがいいぜ」

「そ、そこをなんとか、布引様」

沢兵衛が取り縋《すが》った。

左内は邪険《じゃけん》にそれを振り払い、

「ふざけるな。先祖がこさえた木場の財産をもっとでえじにしろ」

「どうすればよろしいので」

「まずは闇の稼業をやめにするんだな」

三

本所《ほんじょ》一つ目の文六《ぶんろく》長屋を訪ね、お雀《すず》の家の油障子を開けた左内が、「あっ」となってまた戸を閉めてしまった。

お雀が座敷で立て膝《ひざ》になり、鋏《はさみ》で足の爪《つめ》を切っていたのだが、太腿《ふともも》が丸出しになって、その奥の見てはいけないものを見てしまったのだ。

「どうしたの、旦那」

あっけらかんとして、お雀が声を掛けてくる。

左内は衝撃の収まるのを待って、「ひい、ふう、みい」とひそかに数え、再び油障子を開けて土間へ入った。

「あ、いや、変わりはねえか。おめえに頼んだことの首尾を聞きに来たんだけどよ……」

「けど、なあに」

「いや、その、今日は何も土産《みやげ》がなくてすまねえ」

「土産ならあるわよ。一緒に食べましょう」

経木《きょうぎ》に包んだものを開き、なかを見せた。大福餅《だいふくもち》が幾《いく》つか入っている。

「どうしたんだ、それは」

「音松《おとまつ》さんが持って来てくれたの。さっきまでここにいたのよ」

「大福が好きだな、おめえは」

「いいじゃない」

「どのくれえいたんだ、奴は」

左内は追及する。

「四半刻《しはんとき》（三十分）ぐらいかしら。あたしと話のすり合わせをしただけですぐに帰ったわ。あの人とは気が合うのよ」

「あのな、お雀」

「うん」

「音松ならしんぺえいらねえが、よく知らねえような男をここへ入れるんじゃねえぞ」

「わかってるわよ、そんなこと。でもどうして」

「おかしなことになったら困るじゃねえか」

「アハッ、お父《と》っつぁんみたい、旦那って」

「みてえじゃねえ、父親代りのつもりだぜ」

「うん、うん、そうね。心配かけて御免《ごめん》なさい」

お雀が茶を淹《い》れ、左内はお雀と二人で大福餅を頰張《ほおば》る。

「で、どうだった」

「人気役者の瀬川竹之丞《せがわたけのじょう》さんがぽっくり逝《い》っちまったって噂《うわさ》、音松さんと一緒にあっちこっちに流しといたわよ。そういう噂ってあっという間に広まるから、今頃《いまごろ》は大騒ぎンなってると思うわ」

「よし、でかしたぞ。それでいい」

「でも本当のところはどうなの、瀬川竹之丞さんはどこへ行っちまったの、旦那」

左内が小指を立てて、

「これとよ、箱根《はこね》の湯治場《とうじば》よ」

「あら、いいわね」

「こっちのカタがつくまでけえって来るなって言ってあるから、奴《やっこ》さんものんびりしてるんじゃねえか」

そこでハタと考え直し、

「あ、いや、そうでもねえか。てめえの命が狙われてるってわかってっから、うかうかしてらんねえかも知れねえ」

「まだ捕まらないの、殺し屋ども」

「雑魚《ざこ》どもはわかってるんだが、親玉がつかめねえでいる。あと一歩というところだな」

「夢路《ゆめじ》さんて人、どうしてる」

お雀が話題を変えてきた。

「どうもしてねえよ、おれと一緒に燃えてるぜ」

「えっ、燃えてる？」

「つまりおれたちは手を組んでるんだ。九頭龍《くずりゅう》一味を炙《あぶ》り出すためならなんだってする覚悟よ」

「ねっ、旦那」

　お雀がもじもじして言いかける。

「なんだ」

「あんまり夢路さんに肩入れしないでね」

「どうして」

「あたし、寂《さび》しくなっちゃうから」

「寂しくなるだと」

「うん」

「バカヤロウ、おめえが焼《や》き餅《もち》焼いてどうするんだ。てえげえにしねえか。悪い気はしねえけんどよ」

「そんなんじゃないわ、誤解よ。だってあの人は犯科を背負《せお》ってるのよ。旦那といい仲になったりしたらヤバいじゃない。それを言ってるのよ」

　そういう意味なら大鴉《おおがらす》の弥蔵《やぞう》こそ危険なのだが、さすがに彼の存在はお雀には秘密にしている。

「小娘の老婆心《ろうばしん》か」

「なんとでも言って。ともかくあの人は危険なのよ」

「わかった、しんぺえしてくれて有難《ありがと》う。夢路殿とはいつか別れがくるが、おめえとの仲は一生つづくんだからな。おれとしちゃあ、おめえがちゃんとした所へ嫁入りするのを見届けなくちゃならねえ」

「そう言ってくれると嬉《うれ》しい。でも夢路さんとはどんな別れがくるの。あの人をひっ捕えるの」

お雀の問いに、左内は考え込みながら、

「正直言ってよ、そうはしたくねえ気持ちだな。それに夢路殿は武家の出なんだ。やってるこた仇討《あだうち》なんだぜ」

「九頭龍に怨《うら》みがあるのね」

「そういうこった」

「あの人、大丈夫かしら。心配だわ」

「今度は夢路殿のしんぺえか。おれが護《まも》ってっからでえ丈夫だ」

そうは言ったものの、左内も少しばかり不安になってきた。

四

昼尚《なお》暗い樹木の下で、今右衛門《いまえもん》と千代吉《ちよきち》が密談を交わしていた。

どこかのだだっ広い寺の境内《けいだい》だ。

「驚いたぜ、父っつぁん。竹之丞はおっ死《ち》んだとよ。町中その噂でもちきりなんだ。この分じゃ春狂言に穴が開くかも知れねえな」

千代吉が言うのへ、今右衛門はギロリと目を向け、

「どうやって死んだ」

「大川《おおかわ》に身を投げたってことになってるが、死げえはまだ揚《あ》がっちゃいねえ。ゆんべの大雨で流されちまったんじゃねえのか」

「死げえの揚がらねえのは気掛かりだが、身を投げたんじゃなくて、夢路ってあの女に突き落とされたんだろうぜ」

「やはりあの女の仕業《しわざ》だと思うかい、父っつぁん」

今右衛門がうなずき、

「やるな、奴は。怖《おそ》ろしい女だ。あの腹の据《す》わりぐええは武家の出かも知れねえ。てえしたもんよ」

「ちょっと待てよ、父っつぁん。おれぁまだあの女を仲間にしたくねえ、認めたくねえんだ」

「いつまでも突っ張ってるんじゃねえ、女とは仲良くしな」

「父っつぁん、奴は仲間の権松《ごんまつ》さんとお染《そめ》、お国《くに》を手に掛けたんだぞ。すんなり迎え入れるわけにゃゆかねえよ」

「おれに考えてることがある」

今右衛門が重々しい声で言う。

「な、なんだ、聞かせてくれよ」

「夢路を使ってやりてえことがあるのさ。うってつけだと思ってな」

今右衛門が何やら囁《ささや》き、千代吉は驚きの目になって、

「そいつぁちょっとばかり……」

「ビビってんのか、この野郎」

「父っつぁん、いい加減いい年なのによくそんなこと考えつくな。呆《あき》れるばかりだぜ」

「おめえが思ってるほどおれぁ老《お》いぼれちゃいねえよ」

今右衛門はぶらりと歩きだし、千代吉がしたがって、

「夢路の塒《ねぐら》はどこなんだ、父っつぁん、聞いてるんだろう」

「どうするつもりだ」

「たった今仲良くしろと言ったじゃねえか」

「おめえに肌身を許すとは思えねえがな」

苦笑いで今右衛門は言う。

「いいから教えてくれよ、挨拶《あいさつ》代りをしてえんだ」

「ああいう阿魔《あま》はよ、あんまり近づくと火傷《やけど》をするぜ」

「構うもんか、実はああいう女は嫌えじゃねえのさ」

「わかった、じゃついて来な」

今右衛門が千代吉を誘った。

五

今の夢路の仮住まいは柳橋《やなぎばし》で、路地裏のなんの変哲《へんてつ》もない仕舞屋《しもたや》を借りていた。付近に家は少なく、大店の長い板塀がつづいている。もう日の暮れが近く、塀に影を落としていた。

今右衛門が訪ねて来て声を掛け、格子戸を開けて夢路が応対し、なかへ導き入れた。ひっそりとした家のなかで、二人は何やら話し込んでいるようだ。

それを路地の陰から千代吉が見ていて、話が済むまで身を隠しているつもりだ。今右衛門とはそういう打ち合わせができていた。

やがて今右衛門が出て来て、ちらっと千代吉と目を合わせて立ち去った。

千代吉は油断なく仕舞屋へ近づいて行く。

今から見世物の始まりだと、千代吉はぞくぞくした思いでいた。夢路を手なずけ、おのれの女にするつもりだった。仲間を殺された怨みはあるものの、愛憎相半ばするような妙な気分なのだ。

（年上の女もたまにゃいいもんだぜ）

そう高を括《くく》っていた。人殺しを重ねてきた割には、どこかに考えの甘さのつきまとう男なのだ。

いきなり格子戸が開き、外出着になった夢路が出て来て、千代吉はとっさに物陰に身をひそませた。

辺りはすっかり暗くなってきている。

夢路は柳橋から浅草下平右衛門町《あさくさしもへいえもんちょう》を通り過ぎ、蔵前《くらまえ》の方へ向かって行く。武家屋敷や人家が途絶えた先には、幕府お米蔵が建ち並んでいる。その手前、大川に面した揚《あ》げ場があって、そこには人っ子一人いない。

不意に夢路の姿が消え、千代吉が慌てて探していると、目の前に忽然《こつぜん》と夢路が現れた。

「あっ、姐《ねえ》さん……」

「あたしに用かえ」

「そ、そういうわけじゃねえよ」

「じゃどんなわけさ」

「これからは姐さんと仲良くしなくちゃいけねえと思ってよ。どうでえ、そこらでいっぺえやらねえか」

夢路は黙っている。

「どこへ行くつもりだったんだい」

千代吉の問いに、夢路は答える。

「おまえをおびき出すためさ」

「あん？」

「おのれの住んでる所を血で汚したくないからね」

「なんだと」

千代吉がふところに手を突っ込み、匕首に手を掛けた時にはすでに遅く、夢路がその喉《のど》に阿蘭陀《オランダ》針《ばり》を突き刺していた。

「ううっ、ぐわっ」

佇立《ちょりつ》したまま悪足掻《わるあが》きし、千代吉が倒れて絶命した。洪水のような血汐《ちしお》が道に広がる。なんの感情も表さず、夢路は消え去った。

すると――。

とうの昔に姿を消したはずの今右衛門が、蔵の陰から顔を覗《のぞ》かせた。殺人劇の一部始終を見ていたのだ。

「シビれる女だぜ、まったく。おれがもう少し若かったらなあ……」

胸のなかでつぶやいて、今右衛門は夜の闇に呑まれた。

六

その日、左内は朝から役所内の北向きにある書庫部屋で調べものをしていた。

室内は二十帖《じょう》ほどでだだっ広く、黴臭《かびくさ》く、幾つもの書棚が整列し、膨大な数の調書《しらべがき》、犯科録がきちんと並べられて壮観だ。そこにある犯科録とは、人殺し、盗み、博奕、不義密通、騙《かた》り、拐《かどわか》し等々と、広汎《こうはん》である。見習い同心の数人が遠くで書庫番をしている。

左内は大きめの文机《ふづくえ》に向かい、十年以上前の犯科人と限定した上で、古い人相書を山積みにして片っ端から犯科人の顔絵に見入っていた。しかし目当ての人物が見つからず、匙《さじ》を投げるようにして溜息《ためいき》をついた。

「何を調べている」

背後で声がし、左内が驚いて振り向いた。

吟味方与力《ぎんみかたよりき》巨勢《こせ》掃部介《かもんのすけ》がぶらっとやって来て、左内の横にあぐらをかいた。暇な時、巨勢は役所のなかを見廻り、うろつく癖があるのだ。

左内はにこやかに膝を向け、

「骨が折れますな、先非持ちを調べるとなりますと。藁《わら》のなかに落ちた一本の針を探すような思いが致します」

「どんな輩《やから》を探している」

「いえ、それが判然としませんので」

「判然とせぬとはどういうことだ」

「はっ、犯科人のなかにも優れた奴がいて、商いなどで頭角を現す者がおります。したがこういう奴はなかなか尻尾《しっぽ》をつかませませんので、難儀をしているところでして」

「ふむ、悪知恵の廻る犯科人というわけか」

左内が「はっ」と言ってうなずき、

「まっ、そんな輩は稀《まれ》ですからな、すぐに見つかると思ったのです。犯科人の多くは能無しなので、腕っぷしだけで渡世をしております。人並以上の者となりますと、いつまでもそんなことはしておりません。ところがでございますよ、巨勢殿」

「うむ」

「生まれ落ちての血というものが」

「つまり性分じゃな」

「御意《ぎょい》。なかには人を苦しめ、悲しませることを無上の喜びとする輩がおります。これは質《たち》が悪い。正真正銘の悪党なのです。そいつは何食わぬ顔をして堅気に暮らし、偽善で生きております。この輩がわれらにとってはもっとも扱い難いのです。何せ善人面をしているので、見分けがつきませんからな」

何者を調べているのかと巨勢が聞くから、左内は呉竹屋文吉の名を出し、こ奴の仮面をひっぺがしてやりたいのだと言った。

「待て、呉竹屋なら聞いたことがある。大店の材木問屋であろう」

「はっ、左様で。何か存じよりのことあらばお聞かせ下さい」

「呉竹屋文吉の罪科は判明しておらんのか」

「まだ疑いだけでして」

「どんな疑いだ」

「人殺しです」

「なに」

巨勢が言って険《けわ》しい目を向けてきたので、左内は十年前の呉竹屋新助の死にまつわる疑惑を述べた。

「それは由々《ゆゆ》しきことではないか」

「はっ、とても看過《かんか》できることでは」

文吉が殺し屋組合の九頭龍らとどのような関《かか》わりなのか、また呉竹屋の間取図の件などもあるが、左内はそこまで詳しく巨勢に伝えることをよしとしなかった。

「呉竹屋文吉の顔なら憶《おぼ》えがある。以前に同業らと共に役所に陳情《ちんじょう》に来たことがあったのだ。弁の立つ男ゆえに忘れてはおらぬ」

「それは幸いでございました」

巨勢は突如大声で、「これ、ここに茶を二つ持って参れ」と見習い同心らに言い、

「共に調べようぞ、左内」

と言って、人相書の束《たば》に手を伸ばした。

左内が恐縮し、喜んだのは言うまでもない。

他の上役、同役は『昼行燈《ひるあんどん》』として誹《そし》り、見下すが、この巨勢だけは昔からつかず離れずながらも、左内を身贔屓《みびいき》にしてくれる。つまりは人と人との相性なのだが、味方の少ない左内にとっては巨勢は有難い存在だ。

七

坊太郎《ぼうたろう》の通う寺子屋は、八丁堀坂本町《さかもとちょう》二丁目にある酸漿長屋《ほおずきながや》で、手習い師匠は堀《ほっ》田源五郎《たげんごろう》という老齢の浪人者であった。

それゆえに時折躰を壊し、寺子屋へ出て来られない時がある。それがいつも急なものだから、寺子たちはすでに集まって来ていて、今さらその日の中止はできない。そういう時は年長の男子の何人かで割り振って、昨日までの復習を行い、ちょっとした読み書きを習わせる。

坊太郎は入門して一年足らずだが、しっかり者という評判から、一端を担わされて下級者を指導することがある。

寺子屋だから男女机を並べさせるのがふつうで、その日は帰りしなに女座（女子）ばかりを集めて、坊太郎が師匠譲りの訓示を垂れた。座のなかには魚屋のお竹《たけ》もいるから、坊太郎は張り切っている。

「これより女子の心得を申し述べるゆえ、確《しか》と聞くがよい」

大人びた口調で言い、お竹の方をチラチラと窺《うかが》いながら、

「まず女子たるもの、顔や着物の良し悪《あ》し、家の暮らし向き、告げ口、高笑い、人の噂話や無駄口、えっと、それとなんだっけかな」

坊太郎が度忘れして困っていると、お竹がすばやく助け船を出した。

「わがままな振る舞い」

「うん、そうだ。わがままな振る舞いなどをしてはならない」

お竹とにっこり見交わし合い、

「以上が女子の生きて行く上での心得なのである。肝《きも》に銘《めい》じるように」

女子たちが拍手した。

お竹が横にいる子に「坊太郎ちゃんて恰好《かっこう》いいわ」と言っているのが耳に入り、坊太郎はさらに有頂天《うちょうてん》となり、

「しかしだな、これは建前であって、こんなものを守っていては世の中面白くもなんともないのである。人は自由に生きるべきではあるまいか。少なくもわたしはそう思うのである」

坊太郎の熱弁に誘導され、女子たちがヤンヤの喝采《かっさい》を浴びせた。お竹も喜んでいる。

図に乗ってさらに言い募《つの》ろうとすると、学友の杉崎数馬《すぎさきかずま》が駆けつけて来て止めに入った。

「よさぬか、坊太郎、そこまでにしておけ」

「何を申す、わたしは自由の風を教え込みたいのだ。理解してくれ」

「理解しているとも。しかし今日はもういいのだ。おまえに客人が来ているぞ。早く行ってやれよ」

「えっ、客？」

「長屋の木戸門の所で待っている。夢路殿とか申された」

「それを早く言えよ」

坊太郎はお竹のことなど忘れ去り、血相変えて出て行った。数馬が女子たちに言っている声が聞こえるも、心は夢路に飛んでいた。

数馬はこう言っている。

「よいか、坊太郎の言ったことはみんな嘘っ八なのだ。あれは間違っている。きれいに忘れてしまえ」

木戸門の脇《わき》に腰掛があり、そこに夢路が不自然な恰好で座していた。躰のどこかが痛いのか、それを庇《かば》うようにして傾いている。

坊太郎があたふたと来てその前に立ち、夢路の顔色を見るなり、ハッと凍りついた。夢路は蒼白《そうはく》で、もはや目も見えぬかのようにあらぬ方に視線をやっているのだ。それでも坊太郎の気配を察したのか、

「坊太郎ちゃん、来てくれたの」

「どうなされたのですか、夢路殿。お顔の色が真っ青ではありませぬか。いったい何があったのですか」

「父上にね、会いに来たのだけどお姿がなくて、それでおまえ様の寺子屋へ」

夢路が気息奄々《きそくえんえん》なので、坊太郎は気遣い、

「肩を貸します、わたしの屋敷へ参りましょう」

坊太郎は夢路の肩の下に入り、支え立とうとして異変に気づいた。その胸許から血が流れているのだ。

「あっ、夢路殿、血が」

「はい、はい、承知していますよ。わかっているのです。少しここで休ませて下さいな」

夢路を元の腰掛に戻し、坊太郎はじっと見入って、

「夢路殿、しっかりして下さい。夢路殿がおかしなことになったらわたしが困ります。あなたは乙姫様《おとひめさま》なのですから」

夢路は苦笑する。

「こんな乙姫がいるものですか。坊太郎ちゃんはこれからも、しっかり人を見る目を持って強く生きるのですよ、よいですね」

笑みこそ浮かべているものの、夢路の顔は真っ白になって、この世のものとも思えず、坊太郎は膝が震えてきて、

「で、ではここにいて下さい、今すぐ父上を探して参りますから」

夢路の返事を待たずに駆け去った。

呼吸がしだいに乱れてきて、夢路は凝然《ぎょうぜん》と動かぬままで静かに目を閉じた。

四半刻ほどして、坊太郎はようやく組屋敷へ戻って来た左内と出会い、事情を述べて急ぎ連れて来た。

「どうした、夢路殿」

左内はある予感があり、夢路の手を取って脈を調べるや、暗然とした気持ちになった。座したまま、夢路はすでにこと切れていたのだ。

「坊太郎、おまえは帰ってろ」

「ゆ、夢路殿に何があったか教えて下さい」

「そんなこたおれにだってわからねえよ。おれがこれから調べてやる。いいからおま

えは帰ってるんだ。このこと母上には内緒だぞ」

「は、はい」

坊太郎が青い顔で走り去った。

左内は長屋の者を呼び、夢路の遺骸《いがい》を自身番へ運ばせることにした。戸板に乗せた時に手早く夢路の疵《きず》を調べ、数カ所刃物で刺されていることがわかった。

その時、手拭《てぬぐ》いでまかれた赤い玉かんざしが出てきて、左内はそれをじっと見入った。間違いない、これはきっと夢路の母親の形見《かたみ》なのだ。胸が熱くなった。

(夢路殿、無念であったな)

左内も無念であった。

夢路の辿《たど》って来た道を調べることにし、辺りを見廻し、地を這《は》うようにして周辺を探りまくった。

やがて血痕《けっこん》が道に点々と落ちているのを発見した。

(くそったれ、よくも夢路を。只じゃおかねえからな)

味わったことのない憤激が突き上げてくるのを、左内は感じた。

八

半焼の繰綿問屋讃岐屋《さぬきや》の焼け残った大広間で、今右衛門は一人で酒を舐《な》めていた。そこを取りあえずの塒《ねぐら》にしたのだ。

突如、嵐《あらし》が襲ってきた。

雨戸を乱暴に蹴《け》り倒し、左内が悪鬼の形相《ぎょうそう》で飛び込んで来たのである。

狼狽《ろうばい》した今右衛門に長脇差《ながどす》を取る間も与えず、左内の白刃が兇暴《きょうぼう》に閃《ひらめ》いた。

「ぐわっ」

激痛に今右衛門が叫ぶ。右腕を斬り落とされたのだ。切断された腕は盃《さかずき》を持ったまま血汐《ちしお》を噴いて飛び、唐紙をぶち破って消え去った。

転げ廻る今右衛門を、左内はドスドスと蹴りまくり、

「おめえか、夢路を刺したな」

今右衛門は血まみれで這いずり廻り、逃げながら、

「違う、おれじゃねえ」

「じゃ誰なんだ」

「こんな年寄を疵つけて何が面白えんだ。おめえさんはどうかしている、正気じゃねえ」

「ああ、その通りだ、今のおれぁ尋常じゃねえのさ。だからなんでも有体に白状しろ。

どうして夢路はあんなことになった」

「お、おれなんざの与《あずか》り知らねえこった」

今度は片足の太腿《ふともも》に白刃が突き立った。

今右衛門がこの世のものとは思えぬ絶叫を上げる。

「手足がみんななくなったらどうする。それでも生きてるかも知れねえが、飯は食えねえぜ。さあ、今度は左の腕だ」

白刃が今右衛門の左腕に当てられた。

泣き叫び、今右衛門は左腕を躰の下に隠して足搔《あが》きまくる。

「言わねえか、この野郎」

左内がドスの利いた声で囁《ささや》いた。

今右衛門は泣くに泣けない。

カチャッ、と耳許で鍔《つば》鳴りがした。

今右衛門は恐怖で失禁する。

私刑はそこまでにし、左内が今右衛門の様子をじっと見守った。

遂に今右衛門が白状した。

「芝口屋《しばぐちや》伊助《いすけ》の殺しを、夢路に頼んだなこのおれだ」

「それはなぜだ、なぜ伊助を」

「伊助が九頭龍の頭目だからだ」

「なんだと」

左内は驚きの目を剝《む》く。

「伊助こそが、人殺しの組合を牛耳《ぎゅうじ》っていたんだ。世間の誰もがそいつにゃ騙《だま》されるぜ」

「それじゃ弟の万二郎《まんじろう》殺しは誰がやらせた」

「伊助の差し金だ。それはおれたちが請負った」

「伊助がなぜ実の弟を殺すんだ」

「万二郎はいい気になり過ぎた。三男を替え玉なんぞに仕立てやがって、兄貴を兄貴とも思わねえで派手にやり過ぎた。それで伊助の怒りを買った」

「その伊助を、なんでおめえが」

「九頭龍を乗っ取るつもりだった。おれが頭目になろうとしたんだ。それで夢路を差し向けた。ところが」

「ところがどうしたい」

「返り討ちにされたんだ」

「誰に」

「伊助に決まってんじゃねえか」

「それじゃ何か、伊助は何食わねえ顔をして芝口屋をやりながら、裏で人殺し稼業を営んでいたってんだな」

「そうだ。殺しは法外な金になる。もういいだろう、知ってることはみんな話した。医者へ行かせてくれねえか」

「これはなんだ、これは。十文字屋《じゅうもんじや》の家から出てきたもんだ」

左内が呉竹屋の間取図を開いて見せた。

今右衛門はそれをチラッと見て、せせら笑った。

「そんなものはなんの意味もねえ。呉竹屋殺しが持ち上がって殺しの算段をした時、十文字屋の嘉兵衛《かへえ》がひそかに手に入れたもんだろう。文吉殺しが難儀なんで、おれに加勢を頼んできたことがあった。むろん断ったがよ」

「文吉殺しを頼んだな誰だ」

「知るかよ、そんなこと。あれだけの男だ、誰に怨まれてたって不思議はあるめえ」

「ちょっと待て、あれだけの男とはどういう意味だ。古い人相書を調べたら野州無宿《やしゅうむしゅく》ってのはわかったが、罪業までは書いてねえ。文吉は何者なんだ」

　それは左内と巨勢とで見つけ出したものだが、文吉の罪科まではわからなかった。

「奴は那須黒羽城《なすくろばねじょう》の御金蔵《ごきんぞう》を破って大枚を手にしたと聞いた。十年以上もめえの話だ。その時、警護のさむれえ五人を手に掛けているとも耳にした。そんな凄《すげ》え奴は手が出せねえから、おれたちゃ手を引いたのさ」

「その文吉が呉竹屋の後釜《あとがま》にへえって、とんとん拍子に成功を収めた。先非持ちにそんなことができるものかと、初めは半信半疑だったけどよ」

　左内は深い溜息をつき、

「まさか御金蔵破りの大罪を犯していたとはなあ」

「たぶん呉竹屋の新助殺しも奴の仕業だろうぜ」

「おめえ、それも知ってるのか」

「殺しの仕事は何から何まで調べ尽くすものだぜ」

「文吉はとんでもねえ大悪党だな」

「だからよ、おれっちみてえな小悪党は勘弁してくれねえか。頼む、この通りだ」

　今右衛門は両手を合わせたかったが、片手になった。

「笑わせるな、てめえはこれまでどれだけ罪のねえ人の命を奪ってきたんだ。報いは当然だろ」

左内の白刃が、今右衛門の背から心の臓までざっくり刺し貫いた。

九

「おい、袖《そで》の下」

と呼ばれ、左内がキリッとした目で振り返ると、一文字笠《いちもんじがさ》で面体《めんてい》を隠した大鴉の弥蔵が近づいて来て、焼《や》き芋《いも》を投げて寄こした。弥蔵は自分のそれはふところに入れている。

とっさに焼き芋を受け取り、左内はすばやく辺りを見廻した。

そこは新材木町《しんざいもくちょう》の蔵地ゆえ人通りは少ないものの、どこに誰の目があるか知れず、油断はできない。両者共に示し合わせての密会である。

二人は河岸に並んでしゃがみ、焼き芋を頬張りながら、

「残った悪党二人、どうやら手打ちをするような気配だぜ」

弥蔵の言葉に、左内は驚いて、

「そんなことがあるものかよ」

「損得勘定をしてよ、たがいの利益を図ることにしたんじゃねえのか」

「二つ合わせりゃ、組合はもっとでかくなるってか」

「だろうな。殺し屋は芝口屋が調達して、顧客は呉竹屋が募《つの》るんじゃねえのか。殺し屋の駒《こま》なんざ、田舎《いなか》で食い詰めた無宿人がごまんといるからな。呼び寄せりゃいいのさ。噂じゃこれからは金持ちの客しか相手にしなくなるらしいぜ」

「ふざけやがって」

「そんなものが罷《まか》り通っていいものかな」

「いいか悪いかはおれが判断すらあ」

「いつやるんだ、今は盗みの予定がねえからよ、助っ人してもいいぜ」

「よせよ、こたびはおれ一人で充分だ。てえか、おめえなんぞの手を借りたら夢路殿が嫌がるだろうぜ」

「そりゃどういう意味だ」

「意味なんかねえよ。こいつぁな、おれと夢路殿との間のこった。余人は引っ込んでいなさい」

「偉そうに」

「有難うよ、いいことを知らせてくれた」

左内がふところ手で行きかけ、

「焼き芋、ご馳《ち》ンなるぜ」

「倍にしてけえせよ」

「ハッ、芋がどうやって倍になるんでえ。たわけたことぬかしてるとお縄にしちまうぞ」

「なんだと、この野郎」

反撥《はんぱつ》の目で弥蔵は見送っている。

十

寒月《かんげつ》の宵《よい》である。

上級の料理屋へ上がり、酒料理が並んだところで、差し向かいの呉竹屋文吉と芝口屋伊助はにっこり見交わし合った。

文吉が「わしの思いは富士《ふじ》の白雪《しらゆき》」と言うと、伊助が「積もるばかりで溶《と》けやせぬ」と符牒《ふちよう》で答え、そこでまた含んだ笑みが漏れ出た。

共に手酌《てじやく》で酒を飲みながら、

「まさか、おまえさんと手を組むことになろうとは」

文吉が言い、油断のない目を向けてきた。

「なんのなんの、この世はいろいろあってよろしいじゃないですか。これからは共に栄《さか》えることを願いましょうよ」

そう言いながら、周囲に耳を澄《す》ました。しんとしていてカタとも物音はしない。その静寂《せいじゃく》を文吉はひそかに不審がっている。

「どうしました、呉竹屋さん」

「いえ、別に。けどおまえさんの方から手打ちの話がきた時は驚きました。取り分はあくまで折半《せっぱん》ということでよろしいんですね」

「それでお願い致します。実際に手を下すのはわたしの方で、呉竹屋さんには頼み人の調達をお願いしたい」

「しかし、それで折半というのは気が引けますよ。わたしの方でも働かせて頂きたいが」

「そうはいきませんよ、おまえさんは名ばかり、形だけでいいんです」

文吉の目がキラッと兇悪に光った。

「どういうことですか、芝口屋さん。こいつぁもう少し話を詰める必要があるんじゃありませんか。それともほかに何か含むところでもあるんでしょうか」

伊助は黙って酒を飲む。

「芝口屋さん、聞いてることに答えて下さいましよ」

「……」

「なんだかどうもぎくしゃくしてきたみたいな……仕切り直しをした方がよさそうだ」

「いいや、その必要はありませんよ、呉竹屋さん。おまえさんは今宵限りの命なんです」

文吉が腰を浮かせ、背後に合図を送った。

だがなんの変化もなく、最前からの静寂のままだ。

不審を抱いた文吉がさっと立って隣室を開けた。そこに五人の用心棒が無惨《むざん》に斬り殺されていた。音もなく殺害されたのだ。

文吉の形相が一変した。

伊助が陰惨に笑って、

「大した腕前でしょう、あたしン所の殺し屋たちは。浪人が五人もいるのに、なんの役にも立たないということです」

隣室の暗がりから、無数の影がぞろぞろと姿を現した。手槍《てやり》や長脇差を手にした無宿人の殺し屋たちだ。

「くそっ、謀《はか》ったな」

文吉がさっと立ち上がり、脇に置いた長脇差を抜いて障子へ走った。パッと開けると、その場に居合わせた全員が騒然となった。

左内が庭先に立っていたのだ。黒頭巾《くろずきん》を被《かぶ》って、無紋の着流し姿だ。

「おめえたちが勝手に殺し合いをやってくれんのを待ってたんだがよ、そうはゆかねえみてえだなあ」

左内が廊下へ上がって来て言った。

無宿の何人かが行燈《あんどん》に殺到し、灯《ひ》を吹き消した。月明りだけになる。

「さてもさても、今から闘いの火蓋《ひぶた》が落とされるってか。これぞお楽しみだぜ」

左内が芝居がかって言い、座敷からは身を引いた。

闇のなかで戦闘が開始された。無宿たちが一丸となって文吉を追い詰め、兇刃が閃く。文吉の動きは俊敏で、腰を屈めて動き廻り、無宿たちを一人ずつ血祭りに挙げて行く。怒号と阿鼻叫喚《あびきようかん》が渦巻《うずま》き、障子に血の塊《かたまり》が飛んだ。

立ち往生している伊助に、文吉が迫った。

左内はゆっくり座敷に入って来て、

「早えとこカタをつけちまいな、生き残った方をおれが仕留めてやらあ」

「くそったれ」

文吉が伊助に突進した。

それをすばやく躱《かわ》し、伊助の匕首が文吉の肩先を斬った。

「あうっ」

疵口を押さえて文吉がうずくまる。

ここを先途《せんど》と伊助が襲った。

「ぐわっ」

叫んだのは伊助だった。

文吉の長脇差が、一瞬早く伊助の下腹を刺したのだ。呻《うめ》きながら取りついてくる伊助の腕を振り払い、蹴りのけ、さらに文吉が刺しまくった。血みどろで二人の男は絡み合う。

伊助が絶命し、立ち上がった文吉に左内が寄って来た。

「おめえって奴ぁ、つくづくと罪深えなあ」

「へへっ、笑わせるな。おめえに言われたくねえぜ」

「なんだ」

「おれぁ知ってるんだ、おめえの正体をよ。こちとら裏渡世で調べりゃ、布引左内の悪行なんざすぐにつかめるんだぜ」

「マズいな、そいつぁ。それでゆくゆくはおれをユスるつもりだったか」

「飼い犬にしようと思っていたぜ。どうだ、今からでも遅くねえ。手を組まねえか、昼行燈の旦那」

「くはっ、そこまで知られてたら口封じをしねえとな」

雲間に隠れていた月が姿を現し、庭から座敷の辺り一面をくっきりと照らしだした。

座敷で左内と文吉は対峙《たいじ》している。

左内は右八双《みぎはっそう》、文吉は下段に構えた。

双方、烈《はげ》しく火花を散らして睨み合う。

「とおっ」

左内が裂帛《れっぱく》の気合を発し、八双の剣尖《けんせん》を打ち下ろした。文吉は右足を後ろに引き、左内の刀を下から撥《は》ね上げつつ、右足を踏み出して左内の面を狙った。左内はそれを逃げ、頭上に刀身を横たえて文吉の長脇差を受け、反撃せんとした。その時、文吉が左内の足を払った。左内が飛び下がると、文吉は遮二無二《しゃにむに》斬りつけて来た。

ダダッと数歩下がり、左内は大上段に振り被った白刃を、文吉の頭骨めがけて振り下ろした。

文吉の頭蓋《ずがい》が真っ二つに割れ、血汐が迸《ほとばし》った。顔面を真っ赤に染め、文吉は左内を睨み据える。何か言いたげだが、もはや言葉は出てこない。

左内が血刀を懐紙《かいし》で拭《ぬぐ》いながら、つくづくと溜息をつく。

「おめえ、野州からこっち、よくぞ頑張ったよな。けどそれもまっとうな道で精進したんなら褒《ほ》めてやりてえが、悪の道じゃしょうがねえだろ。こうしてぶっ殺されんのもおめえの定めだろうぜ」

「言ったろ、おめえに言われたくねえんだ」

最後にようやくそれだけ言い残し、文吉は血反吐《ちへど》を吐いて息絶えた。

拝《おが》む気も起こらず、左内は佇立している。

そうして死屍累々《ししるいるい》の修羅場《しゅらば》を酷薄な表情で見廻していたが、やがて静かに庭の向こうの闇へ消え去った。

十一

「恋しい恋しい　松《まつ》殿……」

そう書かれた新しい恋文を読むや、田鶴《たづ》は色を変えて目の前に座した坊太郎を睨んだ。

「これ、坊太郎、差し出す相手が違っているのではありませぬか。確か竹殿であったはずですよ」

「はあ、それが……」

「竹殿はどうしたのです」

「気が変わったのです」

「どちらの」

「わたしの方です。それより新しく寺子屋に来た松殿がとてもよいのです。器量よしで、はきはきしていて、すべてにそつのないおなごでして」

「心変わりしたということですか」

「はあ、まあ、そうとも。いけないでしょうか」

「不実ですね、おまえは。一度こうと決めて文まで出したのですから、そう簡単に心変わりをしてはいけませぬ」

「人の心は移ろうものと」

「誰がそんなことを」

「わたしですよ」

寒さに火鉢《ひばち》にかじりついていた左内が、申し訳なさそうに言った。

「ンまあ、旦那様のお言葉とも」

と言いかけ、

「そうとばかりも……」

以前に左内が罪人の娘とねんごろになった経緯《いきさつ》を思い出し、田鶴はひそかに苦笑した。夫婦の間では時効になっていたが、やはり坊太郎にもそういう移り気が遺伝しているると思ったのだ。

「合縁奇縁《あいえんきえん》と申すではありませんか、ことほど左様に人心は移ろい易《やす》いものです。仕方ないものと思っておりますが」

何も気づかぬ様子で左内が言った。

「では旦那様にお聞き致します」

左内が「はっ」と言って襟《えり》を正す。

「わたくしへの誠は如何《いかが》でござりまするか」

田鶴に追及され、左内は目を白黒とさせ、

「それはもう、永遠不変でござるよ。断じてふた心は持ち合わせておりませぬ」

田鶴がホッとして、だがどこか疑わしさを残しながら、

「それならよろしゅうございますわ。安堵《あんど》致しました。でも心変わりするのは旦那様のお血筋なのでしょうか」

「いいえ、わたしの方ではありません。さりとて田鶴殿のお家柄でもそんなことは。つまりこれはですな、坊太郎の気まぐれなのでございましょう」

「ひとえにわたしが悪いのですか、父上」

「そういうことになるな、おまえが悪い」

「それではわたしの立つ瀬がありませぬ」

「竹にするか松なのか、ここで決めなさい」

「あ、いやあ……」

左内と田鶴が共に坊太郎の顔を覗き込む。

坊太郎が真実を打ち明ける。

「実は梅《うめ》殿と申す子もおりまして、この子も捨て難いのです」

田鶴が非難の目で左内を睨む。

「やはり多情は旦那様のお血筋では」

「違うと申しているではありませんか。もしや田鶴殿の方では。その昔、お父君が女中に手を出したと聞いたことがございます」

「あれは間違いだったのです。そのような風評が立ちましたが父は潔白《けっぱく》です。お疑いなのですか。父の名誉がかかっておりますわね」

「あ、いや、その……」

「旦那様も手先に杖を突いた娘を使っているではありませぬか」

「お雀とわたしはそんな関係では」

「されど旦那様の意のままになる者です」

「それは心外です。お雀の名誉にも関わる。前言を撤回して下さい」

「致しませぬ。わたしは二人の関係をずっと疑っております。目を光らせてございます」

「うぬぬっ」

左内と田鶴が睨み合った。

居たたまれなくなり、坊太郎は膝で這って庭先へこっそり逃げた。

そこで鶯《うぐいす》がひと声鳴いて飛び立った。

坊太郎の背後に左内が立った。

「今の鶯、乙姫かも知れんな」

「それを申されないで下さい、父上」

「うむ?」

「悲しゅうございます、あまりにも」

「そうだな、おれもつれえよ。いい人だったんだ」

坊太郎が「うっ」と声を詰まらせ、左内の腰に抱きついた。

左内はその頭をやさしく撫《な》でてやった。

「いろいろあらあな、人生にゃ」

坊太郎は泣きじゃくり、左内の躰を拳《こぶし》で叩《たた》いた。

本書はハルキ時代小説文庫の書き下ろしです。

時代小説文庫
わ 2-23

昼行燈《ひるあんどん》 阿蘭陀《オランダ》女《おんな》 布引《ぬのびき》左内《さない》影《かげ》御用《ごよう》

著者 和久田《わくだ》正明《まさあき》
2020年2月18日第一刷発行

発行者 角川春樹

発行所 株式会社 角川春樹事務所
〒102-0074 東京都千代田区九段南2-1-30 イタリア文化会館

電話 03(3263)5247[編集] 03(3263)5881[営業]

印刷・製本 中央精版印刷株式会社

フォーマット・デザイン＆シンボルマーク 芦澤泰偉

ISBN978-4-7584-4324-1 C0193

http://www.kadokawaharuki.co.jp/[営業]
fanmail@kadokawaharuki.co.jp[編集] ご意見・ご感想をお寄せください。